안토니오 타부키는 1943년 9월 24일 이탈리아 피사에서 태어나, 포르투갈 시인 페르난두 페소아의 영향을 받아 포르투갈어와 문학을 공부했다. 베를루스코니 정부를 향해 거침없는 발언을 했던 유럽의 지성인이자 노벨상 후보로 거론되던 걸출한 작가이면서 페소아의 중요성을 전 세계에 알린 번역자이자 명망 있는 연구자 중 한 사람이다. 『이탈리아 광장』(1975)으로 문단에 데뷔해 『인도 야상곡』(1984)으로 메디치 상을 수상했다. 정체불명의 신원을 추적하는 소설 『수평선 자락』(1986)에서는 역사를 밝히는 탐정가의 면모를, 페소아에 관한 연구서 『사람들이 가득한 트렁크』(1990)와 포르투갈 리스본과 그의 죽음에 바치는 소설 『레퀴엠』(1991), 『페르난두 페소아의 마지막 사흘』(1994)에서는 페소아에 대한 열렬한 애독자이자 창작자의 면모를, 자기와 문학적 분신들에 대한 몽환적 여정을 쫓는 픽션 『인도 야상곡』과 『꿈의 꿈』(1992)에서는 초현실주의적 서정을 펼치는 명징한 문체미학자의 면모를, 평범한 한 인간의 혁… 을 이야기하는 『페레이라가 주장하다』(1994)와 미제의 단… 바탕으로 쓴 『다마세누 몬테이루의 잃어버린 머리… 역사가의 면모를, 움베르토 에코의 지식인… 1998)과 피렌체에 사는 발칸반도… 으로 건드린 『집시와 르네상스』(19… 지성인의 면모를 살필 수 있다. 20여 작품… 되었고, 주요 작품들이 알랭 타네, 알랭 코르노 등… 화화되었으며, 수많은 상을 휩쓸며 세계적인 작가로 주목받… 국제작가협회 창설 멤버 중 한 사람으로 활동했으며, 시에나 대학에서 포르투갈어와 문학을 가르쳤다. 2012년 3월 25일 예순여덟의 나이로 두번째 고향 포르투갈 리스본에서 암 투병중 눈을 감아, 고국 이탈리아에 묻혔다.

옮긴이 김운찬은 한국외국어대학교 이탈리아어과와 동 대학원을 졸업하고, 이탈리아 볼로냐 대학교에서 움베르토 에코의 지도하에 화두話頭에 대한 기호학적 분석으로 박사학위를 받았다. 현재 대구가톨릭대학교 교수로 재직중이다. 지은 책으로 『현대 기호학과 문화 분석』 『신곡—저승에서 이승을 바라보다』가 있고, 옮긴 책으로 움베르토 에코와 이탈로 칼비노의 여러 책들을 비롯해 바사니의 『성벽 안에서』, 파베세의 『냉담의 시』 『피곤한 노동』 『레우코와의 대화』, 베르가의 『말라볼리아가의 사람들』, 아리오스토의 『광란의 오를란도』(전5권), 타부키의 『플라톤의 위염』 『집시와 르네상스』 『페르난두 페소아의 마지막 사흘』, 프리모 레비의 『멍키스패너』, 단테의 『신곡』 『향연』, 모라비아의 『로마 여행』, 과레스키의 『신부님, 우리 신부님』 등 다수가 있다.

사람들이 가득한 트렁크

인문 서가에 꽂힌 작가들

안토니오 타부키 선집 8

김운찬 옮김

사람들이 가득한 트렁크

페르난두 페소아에 대한 글들

Antonio Tabucchi
Un baule pieno di gente:
Scritti su Fernando Pessoa

문학동네

Un baule pieno di gente
by Antonio Tabucchi

일러두기

1 이 책은 다음의 원서를 완역한 것이다:
Antonio Tabucchi, *Un baule pieno di gente*, Milano: Feltrinelli, 1990.
2 본문에서 옮긴이 주 이외에, 원주는 해당 주 말미에 [원주]라고 표시했다.
3 본문에서 저자가 강조를 위해 대문자로 표시한 단어나 문구는 고딕체로, 큰따옴표나 이탤릭체 등으로 표시한 경우는 작은따옴표로 표시했다.
4 인용된 페소아의 시 원문 제시는 가독성을 위해 가급적 문장 내에 삽입된 경우는 삼가고, 저자가 문단으로 빼내어 중요하게 논하고 있는 시는 포르투갈어 원문을 나란히 제시해 음미해볼 수 있게 했다.
3 단행본이나 신문은 『 』로, 시 한 편이나 글을 가리킬 때는 「 」로, 그림이나 노래 등은 〈 〉로 표시했다.

안토니오 타부키 선집을 펴내며

박상진

부산외국어대학교 이탈리아어과 교수

이탈리아 작가 안토니오 타부키Antonio Tabucchi(1943~2012)는 현대 작가들 중에서 단연 독특한 위치에 있다. 그의 창작법과 주제는 남다르다. 그의 글을 읽으면 우선 서술기법의 특이함에 매료된다. 그의 글에서는 대화를 따옴표로 묶어 돌출시키지 않고 문장 안에 섞는 경우가 많다. 그러나 잘 들린다. 물속에서 듣는 느낌, 옛날이야기를 듣는 느낌, 그러나 말의 날이 도사리고 있는 느낌이다. 그렇게 인물의 목소리는 화자의 서술 속으로 녹아들면서 내면 의식의 흐름으로 변환된다. 그러면서 그 내면 의식이 인물의 것인지 화자의 것인지 잘 구분되지 않는다. 마치 라이프니츠의 단자처럼, 외부가 없이 단일하면서 다양한 존재 방식으로 세계를 이해하려는 듯 보인다. 독자가 이러한 창작 방식을 장편으로 견디기는 쉽지 않다. 그래서인지 그의 글들은 대부분 짧다.

타부키는 콘래드, 헨리 제임스, 보르헤스, 가르시아 마르케스, 피란델로, 페소아와 같은 작가들의 영향을 받았다. 특히 피란델로와 페소아처럼 그의 인물들은 다중인격의 소유자로 나타나며, 그들이 받치는 텍스트는 수수께끼와 모호성의 꿈 같은 분위기 속에서 자유연상의 메시지를 실어나른다. 또 지적인 탐사를 통해 이국적 장소를 여행하거나 정신적 이동을 하면서 단명短命한 현실을 창조한다. 이 단명한 현실은 부서진 꿈의 파편처럼, 조각난 거울 이미지처럼, 혹은 끊어진 필름의 잔영처럼 총체성을 불허하는 '지금 여기'의 현실을 반영한다. 텍스트 바깥에서든 안에서든 그는 머물지 않는다.

움베르토 에코를 비롯하여 세계적으로 알려진 생존하는 이탈리아 작가들이 사회와 정치에 대한 의식이 부족하다는 비판을 받는 것과 대조적으로 타부키는 이탈로 칼비노와 엘사 모란테, 알베르토 모라비아, 레오나르도 샤샤와 같이 사회와 역사, 정치에 거의 본능적으로 개입했던 바로 앞 세대 작가들의 노선을 이어받았다. 개성적인 상상의 세계를 독특하게 펼쳐내면서도 그 속에서 무게 있는 사회역사적 의식을 담아내는 데 성공한 것이다. 소설과 수필의 형식을 통해 상상의 세계를 그려내는 측면뿐만 아니라 사회 현실과 철학적 화두를 에세이 형식으로 펼쳐내는 존재론적, 실천적 문제 제기는 신랄하면서도 깊은 울림을 지닌다.

타부키의 텍스트는 탄탄하고 깔끔하다. 군더더기가 없다. 넘치지도 모자라지도 않는다. 의식은 텍스트에서 직접 표출되지 않는다. 그보다는 인물의 심리, 내적 동요, 열망, 의심, 억압, 꿈, 실존의식과 같은 것들의 묘사를 통해 떠오른다. 바로 그 점이 그의 텍스트를 열린 것으로 만들어준다. 그의 텍스트는 전후의 시간적, 논리적, 필연적 인과성을 결여한 채, 서로 분리되면서도 연결되는 구조로 되어 있다. 그래서 독자는 중간에 머물 수도 있고, 일부를 건너뛸 수도 있으며, 거꾸로 읽을 수도 있을 것이다. 작가는 독자가 자유롭게 읽을 수 있도록 배려를 아끼지 않는다. 그러나 독자에게 대답을 찾는 퍼즐을 제시하기보다는, 계속해서 물음을 떠올리고 스스로의 퍼즐을 만들어나가도록 한다. 타부키의 텍스트가 퍼즐로 이루어진 것은 맞지만 그 퍼즐은 또다른 퍼즐들을 생산하는 일종의 생산 장치이며 중간 기착지인 것이다. 그 퍼즐들을 갖고 씨름하면서 독자는 자기를 둘러싼 사회와 역사의 현실들, 그리고 그 현실들을 투영하는 자신의 내면 풍경들을 조망하게 된다.

타부키는 이탈리아에서 태어나 교육을 받았지만 평생 포르투갈을 사랑했고 포르투갈 여자를 아내로 삼았으며 포르투갈의 문화를 연구하고 소개했다. 피사 대학에서 포르투갈 문학을 전공했고 리스본의 이탈리아 대사관에서 일했으며 시에나 대학에서 포르투갈 문학을 가르쳤고 페르난두 페소아의 작품을 번역했다. 또 그의 작품들 상당수는 문학, 예술, 음식에 이르기까지 포르투갈의 흔적들로 채워져 있다. 포르투갈은 그에게 영혼의 장소, 정념의 장소, 제2의 조국이었다. 타부키는 거의 일생 동안 그 땅은 자신을 받아들였고 자신은 그 땅을 받아들였다고 고백한다. 그는 그의 깊숙한 곳에 자리한, 그도 그 깊숙이 자리하고 있는, 그러한 나라를 평생 기억하고 묘사한다.

포르투갈의 흔적은 타부키에 대해 비교문학적인 자세와 방법으로 접근할 것을 요구한다. 타부키 스스로가 대학에서 비교문학을 가르친 비교문학자였다. 비교는 경계를 넘나들면서 안과 밖을 연결하고 또한 구분하도록 해준다. 포르투갈에 대한 타부키의 관심은 은유적인 것에 그치지 않는다. 그는 포르투갈의 정체성을 탐사하면서 그로써 이탈리아의 맥락을

환기시킨다. 최종 목적지가 어느 한 곳은 아니지만, 타부키가 포르투갈을 이탈리아의 국가적, 지역적 정체성의 문제를 검토하는 무대로 사용한 것은 틀림없다. 또 그 자신이 서구인임에도 영어권을 하나의 중심으로 놓고 스스로를 주변인으로 인식하는가 하면, 포르투갈의 입장에 서서 유럽을 선망의 대상이자 극복의 대상으로 보기도 한다.

이번에 선보이는 '안토니오 타부키 선집'에 포함된 소설과 에세이는 주로 1990년대 전후에 발표된 것들이다. 이 시기는 타부키가 활발하게 활동한 기간이기도 하지만, 세계사적 차원에서 이념적, 경제적, 정치적으로 급격한 변화가 있었던 시대였고, 이탈리아도 예외는 아니었다. 그러나 타부키가 정작 관심을 둔 것은 현실 그 자체라기보다는, 그 현실이 개인의 내면과 맺는 관계와 양상이었다. 바로 이 때문에 그의 글은 독자로 하여금 깊은 울림을 체험하게 한다. 소설뿐만 아니라 에세이 형식으로 상상의 세계와 함께 이론적 논의를 풍성하게 쏟아낸 그의 글들 역시, 역사와 현실에 대한 지식인적 대결의 자유로우면서 진지한 면모를 보여준다.

'안토니오 타부키 선집'과 더불어 현대 이탈리아 문학의 한 단면이 지닌 정신적 깊이와 실천적 열정을 독자들 역시 확인할 수 있기를 바란다.

안토니오 타부키 선집을 펴내며

차례

머리말

모리스 블랑쇼는 책이란 단편적일 경우에도 언제나 관심을 끄는 중심을 갖고 있다고 썼다. "중심은 고정되어 있지 않고, 책의 압력과 집필 상황에 따라 이동한다. 만약 진정한 중심이라면 고정된 중심도 이동하며, 똑같은 상태로 남아 있으면서도 더욱 중심적이고, 더욱 내밀하고, 더욱 불확실하며, 더욱 강력한 중심이 된다."[1]

페소아가 남긴 방대하고 신비로운 책Libro에서 가장 내밀하며 분명히 가장 강력한 중심이 '다른 이름'[2]이라는 것은 두말할 필요가 없을 것이다. 다른 이름이란, 은유적으로 배우 페소아가 문학적 문체적 변장을 하기 위해 숨는 극장의 작은 방 같은 것이 아니라 일종의 자유지대, 빈터terrain vague, 마법의 경계선 같은 것으로, 그곳을 넘어가면 페소아는 계속 자기 자신으로 남아 있으면서 동시에 '또다른 자아'가 될 수 있었다.[3]

1 Maurice Blanchot, *Lo spazio letterario*, trans. Gabriella Zanobetti, Torino: Einaudi, 1975, p. 3. [원주]

2 포르투갈어로 heterónimo. 필명이나 별명과는 다르며, '이명異名' 또는 '가상인물'로 옮기기도 한다.

3 이 문제에 대해서는 기본적으로 다음 두 도서를 참조하라: Jacinto do Prado Coelho, *Diversidade e Unidade em F. Pessoa*, Lisboa: Verbo, 1982, 7a ed.; Jorge de Sena, "The Man Who Never Was," *The Man Who Never Was*, ed. George Monteiro, Providence: Gávea-Brown, 1982. [원주]

그리고 분명 페소아의 마법 경계선은 순수한 신비화의 땅에 있는 것도 아니고, 가령 시인 에즈라 파운드나 로버트 브라우닝처럼 가면의 땅에 있는 것도 아니며, ("전기傳記를 위해 작품을 창안한 것이 아니라 작품을 위해 전기를 창안한 이 사람")[4] 놀이로 시작되어 모델이 되는 활동의 땅에 있는 것도 아니다. (예술은 분명히 놀이이며, 놀이가 없다면 예술도 없을 것이다.) 페소아의 다른 이름은 분명 놀이의 '본질'을 실제로 살아낼 수 있는 능력과 관련된다.[5] 그러니까 그것은 허구가 아니라 허구의 형이상학이나 허구의 신비주의, 또는 아마 허구의 신지학神智學과 관련된 것일 수 있다.[6] 페소아의 허구는 언제나 '초월적인' 허구이며, 그것은 말이지만 "태초에 말

4 아돌푸 카사이스 몬테이루의 정의다. Adolfo Casais Monteiro, *Estudos sobre a Poesia de F. Pessoa*, Rio de Janeiro: Livraria Agir, 1958, p. 81. [원주]
5 페소아의 추상적 관념, 그리고 그와 하이데거, 비트겐슈타인의 관계에 대해서는 필수적으로 다음의 베네디투 누네스의 글과 필자의 글을 참고하라: Benedito Nunes, "Poesia e Filosofia na Obra de F. Pessoa," *Colóquio/Letras*, n. 20, 1974, pp. 22~34; Antonio Tabucchi "Interpretazione dell'eteronomia di F. Pessoa," *Studi Mediolatini e Volgari*, n. 23, 1975, pp. 139~187. [원주]
6 이 주제에 대해서는 기본적으로 『백과사전*Enciclopedia*』 제4권 215~217쪽(토리노: 에이나우디, 1979)에 실린 체사레 세그레Cesare Segre의 '허구' 항목을 참조할 것. 구체적으로 페소아에게 허구의 문제에 대한 참고문헌은 아주 방대하다. 필히 읽어야 할 글들만 인용하면 다음과 같다: Pierre Hourcade, "A propos de F. Pessoa," *Bulletin des Etudes Portugaises et de l'Institut Français au Portugal*, n. 15, 1951, pp. 151~179; A. Casais Monteiro, *F. Pessoa, o Insincero Verídico*, Lisboa: Inquérito, 1954; J. de Sena, *O Poeta é um Fingidor*, Lisboa: Ática, 1961; João Gaspar Simões, *Liberdade do Espírito*, Porto: Portugália, 날짜 없음[1952]; Jacinto do Prado Coelho, "F. Pessoa, pensador múltiplo," in F. Pessoa, *Páginas Íntimas e de Auto-Interpretação*, Lisboa: Ática, 날짜 없음, pp. XXI~XXXVII; Eduardo Prado Coelho, *A Letra Litoral*, Lisboa: Moraes, 1979(특히 「페소아, 텍스트, 주제Pessoa, Texto, Sujeito」 109~135쪽 참조); José Augusto Seabra, "Amor e Fingimento, Sobre as Cartas de Amor de F. Pessoa," *Persona*, n. 3, 1979, pp. 77~85. [원주]

씀이 계셨다"는 의미에서의 말은 아니다. 그리고 그 말은 분명히 문학 '텍스트'가 '아니다.' 페소아의 로고스는 그 초월성에서, '메타텍스트'라는 점에서 일종의 버려진 것이며, 실존적이고 텍스트적인 차원에서 벗어나 존재론적이고 형이상학적 차원에서 실현된다.[7] 일종의 '말장난calembour'으로서 페소아의 놀이는 순수한 '가설'의 땅으로 넘어감으로써 놀이를 갖고 '놀고,' 놀이를 제시하지 않는 것으로 놀이를 해결한다고 말할 수 있다. 벤야민이 카프카에 대해 쓴 것을 그에게도 적용할 수 있다. "그의 모든 작품은 선험적으로 작가에게 어떤 분명한 상징적 의미를 갖고 있는 게 아니라, 오히려 언제나 새로운 조합과 배치에서 그 의미에 대해 질문하게 되는 몸짓들의 코드를 재현한다."[8]

내가 이 책으로 엮은 글들은 대부분 이처럼 언제나 새로운 조합과 배치, 말하자면 페소아의 '놀이'가 지닌 '본질,' 그의 '진정한 허구'를 중심으로 삼고 있다. 오래전부터 페소아를 자주 읽으면서 써온 글들이므로 한군데 모아놓는 것이 유용하리라고 생각했다. 물론 이 글들이 수천의 얼굴을 가진 페

7 작가의 형이상학적 허구화, 그의 몰개성화가 일어나는 '지대'에 대해서는 앞서 인용한 블랑쇼의 『문학의 공간*Lo spazio letterario*』 7~19쪽에 실린 「실존적 고독」을 참조하라. "글쓰기가 끝없는 것이라는 사실을 발견할 때, 그 영역 안으로 들어가는 작가는, 자기 자신을 넘어서서 보편적인 것을 지향하지 못한다. 보다 낫고 확실하며 더욱 정당화된 세계, 정확한 빛의 명료함에 따라 모든 것이 정돈되어 있는 곳을 향해 가지 못한다. 모두를 위해 품위 있게 말하는 멋진 언어를 발견하지 못한다. 그의 내부에서 말하는 것은, 어떤 방식으로든 그가 이제 더이상 자기 자신이 아니고, 더이상 누구도 아니라는 사실이다." 13쪽. [원주]

8 W. Benjamin, *Angelus Novus*, Renato Solmi의 번역과 서문, Torino: Einaudi, 1976, p. 270. [원주]

소아에 대해 확정적인 이미지를 제공한다고 주장하려는 것은 아니다. 페소아는 오만한 해석을 거부하며 오히려 가설의 땅에서 자신을 추적해나가는, 그런 읽기를 요구하기 때문이다. 따라서 20세기의 가장 신비로운 시인에 대한 나의 이 글들 역시 하나의 비평적 가설로 읽히기를 바란다.

최근 페소아에 관한 비평적 참고문헌이 놀라울 정도로 많아졌다. 그런 글들의 일부는 텍스트와 각주에서 새롭게 추가되거나 수정될 필요가 있었을 것이다. 그렇지만 글을 쓸 당시의 시대적 증거로 삼기 위해 처음 발표되었을 때와 동일하게 남겨두고 싶었다.

안토니오 타부키

사람들이 가득한 트렁크

증거들의 결핍

단도직입적으로 말하자면, 시간이 지나면서 20세기의 가장 중요한 시인 중 하나로 자리매김될 이 위협적인 포르투갈 사람의 전기에는 무언가 지나친 것이 있다. 그의 흔적을 뒤쫓는 사람을 의혹에 빠뜨리기보다 오히려 걱정하게 만드는 '너무' 지나친 어떤 것이. 이 지나침은 결핍으로 인한 것으로, 바로 실마리들의 완전한 결핍, 또는 이렇게 말해도 된다면 패러다임이 된 증거나 완벽한 알리바이의 결핍이랄 수 있다. 이는 에드거 앨런 포의 「도둑맞은 편지」의 과시 속 은닉처를 떠올리게 하는데,[1] 이런 경우라면 익명성의 지나침, 평범함의 정수를 의미하는 것 같다. 그런데 사실 20세기의 위대한 문학에는 평범함이라는 전염병이 있다. 로베르트 무질에서 사뮈엘 베케트, 폴 발레리에서 이탈로 스베보, (작가 스스로가 표현한바) 자기 삶의 "오 퍼센트"[2]만 살았던 에우제니오 몬탈레에 이르기까지, 우리 시대의 뛰어난 작가 중 많은 사람이 잿빛 일상성과 습관의 메트로놈에 맞춰진 삶을 살았다. 그런

1 19세기 미국 작가 에드거 앨런 포의 단편소설 「도둑맞은 편지」에서는 중요한 편지를 훔친 범인이 그것을 눈에 잘 띄는 벽난로 위에 아무렇지도 않은 듯 놔둠으로써 오히려 찾기 어렵게 만든다.

2 "나는 5퍼센트만 살았다"라는 표현은 1975년 노벨문학상을 수상한 이탈리아 대표 시인 몬탈레가 1971~1972년에 쓴 일기에 나온다.

데 페소아의 경우, 삶의 원동기 회전수가 최저로 떨어져 몬탈레의 오 퍼센트 효율보다 더 아래로 내려가 어느 순간 더이상 붕붕거리는 소리조차 들리지 않기에, 혹시 '모든 것'이 예전처럼 계속되도록 조치한 다음 자신의 사망확인서보다 먼저 죽어버린 건 아닌가 하는 의심을 하게 한다. 혹은 페소아는 아예 존재한 적도 없는 페르난두 페소아라는 한 사람이 만들어낸 허구이자, 삼십 년 동안 사무직에 종사하면서 매우 평범하고 대단히 익명적이며 아주 '모범적인' 삶을 단조롭게 영위해나가며 리스본의 소박한 하숙집을 페르난두와 공유했던 숨막히게 뒤엉켜 있는 그 등장인물들 중에서 자신과 똑같은 이름의 '또다른 자아alter ego'가 아니었을까 하는 의혹도 든다.

페르난두 페소아가 자신과 완벽하게 동일한 어느 페르난두 페소아의 '또다른 자아'였을 것이라는 가설은 정말로 매혹적이다. 이 가설이 (『돈키호테』를 다시 쓰는 피에르 메나르[3]처럼) 보르헤스를 상기시키는 역설 때문에 훼손된 듯 보일 수 있지만, 만약 페소아 자신이 다음과 같이 1931년에 쓴 시로 이미 우리의 의혹에 토대가 되는 역설을 제공하지 않았다면, 아마 불합리하게도 이는 가장 명백한 가설일 것이다.

O poeta é um fingidor.
Finge tão completamente
Que chega a fingir que é dor
A dor que deveras sente.[4]

3 아르헨티나 작가 보르헤스의 단편소설 「피에르 메나르, 돈키호테의 저자」에서 주인공 피에르 메나르는 세르반테스에 필적하는 작품을 쓰려고 시도하는데, 결과적으로 세르반테스의 『돈키호테』와 완전히 똑같은 작품을 쓰게 된다.
4 "Autopsicografia," *Presença*, n. 36(1932. 9).

시인은 위장하는 사람.
너무 완벽하게 위장하여
자기가 정말로 느끼는 고통이
고통인 척할 정도다.

그런데 만약 페르난두 페소아가 정말로 페르난두 페소아인 척 위장했다면? 이는 의혹일 뿐이다. 물론 우리는 그 증거를 절대 찾지 못할 것이다. 그리고 증거가 없는 상황에서는 그가 자기 자신과 동일한 거짓말쟁이의 허구였다는 전기 자료를 믿을 수밖에 (또는 믿는 척할 수밖에) 없다. 말하자면 페르난두 안토니우 노게이라 페소아는 조아킹과 마달레나 피네이루 노게이라의 아들이었으며, 리스본의 무역회사에서 상업 통신문 번역가로 일한 파트타임 사무직원이었다. 그리고 자유 시간에는 시인이었다.

사람들이 가득한 트렁크

언젠가 몬탈레는 돋보이는 재치로 시와 명성에 대해 논하면서 (지상의 불멸성이란 단지 몇 세기 지속되다 세대가 바뀔 때마다 고작 '전문가' 열 명의 관심만 끌어낼 수 있을 뿐이라고 이해한다고 밝힌바) '불멸'의 궁전에는 명예로운 정문이나 쪽문을 통해 들어갈 수 있으며, 이것 말고도 창문이나 굴뚝을 통해 들어가는 사람도 있다고 말했다.[5] 분명 페소아는 몬탈레가 은유한 궁전에 아주 특이하고 은밀하게 침투해 들

5 "Un poeta ricostruito come un affresco in briciole," *Corriere della Sera*, 1952. 10. 4; Eugenio Montale, *Sulla poesia*, Milano: Mondadori, 1976, p. 417. [원주]

어간 사람 가운데 하나다. 그것이 부주의 때문인지 아니면 계산된 것인지 (아니면 계산된 부주의 때문인지) 알 수 없지만, 원고 뭉치에 서로 다른 서명을 해서 노끈으로 묶어 잘 포장한 수많은 자기 영혼을 가정용 옷 보관 트렁크[6] 안에 넣어 감춰두었다. 문학작품들이 암시하듯, 만약 운명의 변덕으로 인해 그 트렁크가 봉인된 채 몇 세기 동안 바다 위를 떠다니다 호적상에서 페소아라는 인물의 흔적이 사라져버린 시대의 해변에 도달한다면, 과연 어떤 일이 일어날지 상상해보는 것도 흥미로운 일이다. 그러니까 20세기의 그 조그맣고 별로 알려지지 않은 나라, 유럽을 잊었고 또 유럽에 의해 잊힌 나라에서 기괴하게 시의 페리클레스 시대가 찬란하게 빛났으며, (1914년부터 1935년까지 여러 명의 페소아가 활동한) 이십여 년 동안 시인 네 명, 서로 다르고 심지어 목소리와 기질에서 서로 대립되지만 작품의 질이나 주제의 복합성 면에서 하나같이 매력적이고 위대한 시인 넷이 동시에 시를 쓰고, 편지를 통해 논쟁하고, 공개적으로 토론하고, 당시는 전혀 다른 시대였으니 상대방을 존칭으로 부르면서 서로에게 친절하면서도 아주 세련된 서문들을 써주고, 그러다가 어느 순간 설명할 수 없게 모두 동시에 침묵하고 허무 속으로 사라져버렸다고 말이다. 만약 실제로 그랬다면 아마 정반대의 '호메로스의 경우'나 '셰익스피어의 경우'도 있었을 수 있다. 한 시인의 자리에, 수많은 삶과 수많은 경험과 수많은 이름과 수많은 경험의 은신처인 단 하나의 이름만이 남은 경우들이.

6 원어 'arca'는 '방주方舟'를 의미하기도 한다. '방주'는 뒤이어 언급되는 항해의 이미지와 잘 어울리지만, 혼란을 피하기 위해 '트렁크'로 옮겼다.

페르난두가 사망하고 칠 년 뒤인 1942년, 리스본의 아티카 출판사가 페소아의 원고들이 담겨 있던 트렁크를 정리해온 문헌학자와 문인 친구들의 감독하에 페소아의 전집을 출간하기로 결정했을 때 20세기의 가장 기괴한 개성 가운데 하나가 드러나기 시작했는데, 이는 그의 삶에서 나타난 놀라운 개성에서 추정할 수 있는 바를 훨씬 넘어서는 것이었다. 실제로 페소아는 (『아 아기아』 『엑실리우』 『센타우루』 『포르투갈 푸투리스타』 『프레젠사』 등)[7] 당시 포르투갈의 최고 잡지들을 통해 왕성하게 활동했는데, 그중에서 최소한 두 가지(『오르페우』 『아테나』)[8]는 자기 손으로 창간했고, 유럽의 문학 경향들과 아방가르드 운동들(오르피즘,[9] 미래주의, 입체주의, 초현실주의의 자동기술법)을 포르투갈에 이식하면서 그중 세 가지(파울리즈무, 감각주의, 교차주의)[10]를 완전

7 『아 아기아*A Águia*』는 1910~32년 포르투에서 간행된 종합적 성격의 잡지였고, 『엑실리우*Exílio*』는 1916년 리스본에서 창간된 종합 잡지였으며, 『센타우루*Centauro*』와 『포르투갈 푸투리스타*Portugal Futurista*』는 각각 1916년과 1917년에 단 한 차례 간행된 문예지였고, 『프레젠사*Presença*』는 1927~40년 포르투갈 중부의 도시 코임브라에서 간행되며 20세기 포르투갈 문학에서 중요한 역할을 한 문학지였다.

8 『오르페우*Orpheu*』는 1915년 계간지로 간행되었고, 『아테나*Athena*』는 1924년에서 1925년까지 간행되었다.

9 Orphism. 20세기 초 프랑스 화가들을 중심으로 일어난 예술운동으로 입체주의에서 발전했다.

10 Paulismo/Sensacinoismo/Interseccionismo. 첫째는 1913년에 써서 1914년에 『헤나센사*Renascença*』에 발표한 「황혼의 인상Impressõs do Crepúculo」(1914) 첫 시구에 나오는 첫 단어 'Pauis(늪지)'에서 이름을 따온, 프랑스 후기 상징주의와 아르누보 영향하의 문학운동. 둘째는 '감각'을 중시하는 고대 그리스 인식론의 영향하에 감각적 인식론을 중시한 문학운동. 셋째는 페소아의 시 「사선으로 내리는 비」(1915)에서처럼 유럽의 입체주의 영향하에 해체와 재구성을 통한 구체적인 것과 추상적인 것의 역동적 이미지 교차를 창조하는 데 중점을 둔 문학운동.

히 새롭게 발명했으며, 마지막으로 정신분석학에서 현상학에 이르기까지 당시 유럽 문화가 창출해낸 좋은 것들을 받아들였다. 하지만 창작자로서의 명성은, 별로 알려지지 않고 찾아보기 어려운 잡지들에 흩어져 있는 시들, 자비로 조용하고 소박하게 출판한 조그마한 영어 시집 네 권, 시 문학상을 받기 위해 우연찮게 집필해 (문학상을 받지는 못했으나) 사망하기 일 년 전 출판된 작은 책 『메시지*Mensagem*』 정도에만 그쳐 있었다. 이는 사후의 보물과 비교해보면 하찮은 것이었다. 페소아는 비평가 친구의 인터뷰에 응한 적이 있는데, 당시 자기 시와 관련하여 '다른 이름'에 대해 정신분석학적 모임과 냉철한 임상 기록부의 중간 성격을 띤 명료하고 상세한 보고서를 건네어 『프레젠사』의 친구들을 깜짝 놀라게 했다.[11] 그럼에도 페소아는 당시의 포르투갈 문화계에서 시인보다는 지성인으로, 또 격렬하고 모순적인 논쟁가로서 자리를 차지하고 있었다고 생각해야 할 것이다.(이럴 경우에도 당연히 신중하게 생각해야 한다. 예를 들어 제5제국[12]에 대한 그의 도발적인 이론과 1928년의 뻔뻔스러운 글 「공위空位 기간. 포르투갈에서 군사독재의 옹호와 정당화」[13]를 보기 바란다.)

11 '다른 이름'과 관련하여 페소아가 1935년 친구 아돌푸 카사이스 몬테이루(Adolfo Casais Monteiro, 1908~1972)에게 보낸 편지인데(이 책 후반부 159쪽에 실린 「부록」 참조), 그 편지는 페소아가 사망하고 이 년 뒤 『프레젠사』에 발표되었지만 그 전에 이미 코임브라의 문인들 사이에 유포되어 있었다.

12 Quinto Império. 「다니엘서」와 「요한 묵시록」에서 언급된 예언을 토대로, 정신적이고 세속적인 강력한 권력을 가진 세계적 규모의 포르투갈 제국을 꿈꾸며 이를 형상화한 개념. 안토니우 비에이라(António Vieira, 1608~1697) 신부에 의해 처음 시작되었고, 20세기에 들어와 페소아의 시집 『메시지』가 출판된 후 널리 확산되었다.

13 이 글은 1928년 출판된 공동 저술서 『민족활동의 핵심*Núcleo de Acção Nacional*』에 실렸다.

'지성인'으로서의 페소아, 말하자면 넓은 의미에서 그의 시사평론과 이론적 글들이 갖는 문화적 입장, 그리고 이 입장이 당시의 문화(그의 역량을 고려하면 유럽 문화도 포함되지만 특히 포르투갈 문화)와 함께 형성하는 상호관계, 일치, 합의, 또는 불화에 대한 정리가 만족스러운 수준으로 이루어지려면 아직 멀었다. 내 생각에 그것은 세 가지 납득할 만한 이유 때문이다. 첫째, 시작품이 이론가로서 그가 한 활동을 압도해서 한쪽으로 제쳐버릴 정도로 엄청나게 많고 복잡하기 때문이다. 둘째, 그것이 아직도 '열린 작품'이라는 사실(단지 20세기의 탁월한 '열린 작품'이라는 내재적인 이유만이 아니라, 외부적이고 현실적이라고 할 수 있는 이유, 그러니까 편집되지 않은 글들이 아직도 수없이 남아 있다는 사실)이 당시의 문화계 인물이자 지성인이었던 페소아에 대한, 확정적이진 않더라도 최소한 충분히 신빙성 있는 진지한 평가를 방해하기 때문이다. 과소평가하지 말아야 할 마지막 이유는, 페소아처럼 불편한 인물에 대한 비평계의 당혹감 때문이다. 그것은 그에게서 정치가와 철학자를 제거해버린 비평계 전반의 편견과 금기에 대해 많은 것을 말해주는데, 비평가들은 페소아를 바라보면서 그에 대해 일종의 구분 작업을 하고(마치 그에게 내부로부터의 모든 구분 외에도 외부로부터 더 세부적인 구분이 필요한 것처럼), 그를 20세기의 '나쁜 동료들'로 구성된 복잡하고 불확정적인 문제아 학급으로 보냄으로써 은밀히 그에게서 벗어나려고 했다. 잘 알려져 있듯이 그 학급에는 기묘하고도 다채로운 온갖 사람들이 넘친다. 거기에는 헤겔 추종자들과 헤겔 반대자들, 전체주의자들과 자유주의자들, 무정부주의자들과 신비주의자들이 있는데, 구체적으로 구별하면 니체, 에즈라 파운드, 셀린, 바타유, 카프카가 있으며, 마지막으로 가장 놀라우면서 가장 곤란한 경우들, 즉 더블 재킷에 조끼 차림으로 겉으로는 가장 보수적이고 사려깊어 보이는 부르주아의 옷을 입고 있지만 학급에서 숙제를 해야 할 순간이 오면 고유하면서도 진정한 혁명을 일으킬 만한 주제들을 만들어내는 사람들이 있다.(카를로 에밀리오 가다를 비롯하여 그런 탁월한 예들은 넘쳐난다.) 물론 그들 모두와 더불어, 학급의 우등생들과 함께 뒷줄에는 멍청이들도 있어, 과격하고 산만한 그들이 잉크 얼룩과 낙서들로 지면을 채우고 있는 것도 사실이다. 하지만 곧바로 밝히자면, 페소아는 아주 볼품없고 불안한 글들에서도, 자유로운 글쓰기뿐 아니라 정치적 당면 문제에 대해 쓸 때에도, 가령 이탈리아 『라 보체』[14]의 동인들처럼 20세기 '나쁜 동료들'의 학급에 많이 있는 일부 평범한 인물들과는 전혀 공통점이 없었다. 그들은 너무 높은 목소리로 청년기에는 천박하고 공격적이었고, 성숙한 나이에는 유순하고 순응적이었으며, 은퇴한 뒤에는 전향에 현혹되고 순종적이었다. 페소아는 지성적으로나 도덕적으로 그들과는 다른 기질을 지닌 인물로서, 삶을 사는 동안 절대 시끌벅적한 싸움이나 열변에 빠지지 않았다. (혹시 필요할 경우 그 임무를 알바루 드 캄푸스에게 맡겼는데, 그런 알리바이 면에서는 참으로 귀족적이라 할 수 있었다. 마치 주인이 귀찮은 사람들을 꾸짖는 일을 집사에게 맡기는 것

14 '목소리La Voce'라는 뜻의 이탈리아 문화 및 정치 주간지. 20세기 초반의 가장 중요한 문화잡지 중 하나로, 1908년 피렌체에서 창간되어 1916년까지 간행되었다.

과 같다.) 페소아는 매우 신중했고 겉으로는 전혀 동요하지 않았으며, 매우 냉정하고 혼자였고, 천박함과 수사학, 군중들, 암호들을 혐오했다. 군사독재의 시의적절함과 불평등에 관한 규정을 주장하는가 하면 파시즘과 살라자르[15]를 혐오하여 시로 조롱하기도 했다. 제5제국과 세바스티앙주의[16]를 역설하면서도 동시에 키플링[17]을 '골동품 제국주의자'라고 비웃었다. 스스로 미래주의자이며 감각주의자라고 선언했지만, 시끄러운 소음과 대포를 경멸했고, 마리네티[18]를 조롱했으며, 뉴턴의 방정식처럼 방부 처리된 완벽함을 찬양했다.

필자는 스스로를 문화사 연구자가 아니라 단순한 문학 실천가라고 생각하기 때문에, 일반적으로 '맥락'이라고 일컬어지는 것에 대한 필자의 지적들은 불확실하고 개략적이다. 제1공화국(1910~1926)[19]의 문화적 환경을 이해하기 위해서는 (잘 살펴보면 신랄한 반反부르주아 논쟁이나 다름없는) 페소아의 입장을 읽어보는 것이 유용할 텐데, 그것은 물론 자유주의적 경향의 의회민주주의를 토대로 하여 정치적으로는 검증되었지만, 성가신 지성인 집단들에 대해서는 총체적이고

15 1932년에서 1968년까지 국민 통일당 일당 독재 체제를 이끈 포르투갈의 수상.
16 Sebastianismo. 포르투갈 국왕 세바스티앙 1세(1554~1578)가 1578년 모로코 북부의 알카세르키비르 전투에서 젊은 나이에 사망한 후 형성된 신비주의적이고 세속적인 믿음. 포르투갈과 브라질에 널리 확산되어, 일반적으로 조국의 잃어버린 영광을 되살리고 가난한 사람들을 이끌어갈 영웅이 나타나기를 기다리는 신앙이 되었다.
17 『정글 북』을 쓴 영국 작가로 1907년 노벨문학상을 수상하기도 했으나, 영국의 제국주의에 호응한 작품들로 비판받는다.
18 1909년 「미래주의 선언」을 발표하면서 새로운 문예운동을 이끈 이탈리아 작가.
19 1910년 10월 5일의 혁명으로 시작되어 1926년 5월 28일의 쿠데타로 종결된 포르투갈의 공화정 체제. 십육 년간 대통령이 여덟 번, 총리가 서른여덟 번 바뀔 만큼 정치적으로 혼란스러운 시기였다.

뿌리깊은 거부감 속에 갇혀 있는 부르주아의 표현이었다. 그런 거부감의 원인에 대해서는 유능한 사학자들의 분석에 맡기는 편이 좋을 것이다. 단지 여기에서 지적하고 싶은 것은, 포르투갈 부르주아는 혁명 없이 국왕 살해[20]와 신속한 동요, 즉 민중의 지지를 얻었지만, 그 대신 진정하고 고유한 혁명의 이데올로기적 문제 제기나 문화적 혼란을 거치지 않은 동요를 통해 권력을 잡았다는 점이다. 바로 그런 이데올로기화의 결핍, 문화적 성숙과 정교화의 부재로 인해 포르투갈의 부르주아 혁명은 연약하고 취약했으며, 혁신적이고 새로운 시대가 온 것이 아니라 단순한 수비 교대가 이뤄진 것처럼 느껴졌다. (아마도 그것은 바로 유럽 부르주아의 정체성과 가치의 위기가 가장 첨예하던 시기, 즉 당혹감과 공포, 히스테리의 시기에 형성되었기 때문일 테지만) 합법적이고 확고한 사상이 결여됨으로써, 세계대전의 대재앙으로 충격을 받고, 급진주의와 유토피아 사상에 이끌리고, 불안정하고 신경질적이고 반발적이며, 매우 불안하고 불만족스러운 포르투갈 지성인들의 공감을 얻지 못한 것은 당연한 일이었다.

포르투갈의 꿈

주제로 돌아와 얘기하자면, 바로 그런 특별한 맥락에서 페소아의 이데올로기적 입장과 귀족주의에 대한 공감, 제국주의에 대한 열광을 볼 필요가 있다고 말하고 싶다. 왜냐하면 공화주의적이고 진보주의적인 이상은, 이를테면 공화국 대통

20 1908년 2월 1일 국왕 카를루스 1세와 왕위 상속자 루이스 필리프 왕자가 사냥에서 돌아오던 중 리스본에서 암살당한 일을 가리킨다.

령이었던 훌륭한 테오필루 브라가[21]처럼 실증주의적인 지성인, 솔직하고 낙천적이고 독단적이며, 복잡한 시대에는 분명 적합하지 않은 낡은 유형의 지성인으로 구체화되었기 때문이다. 실제로 당시 포르투갈의 문화적 엘리트는 대부분 귀족적인 인물들이었다. 포르투갈 르네상스[22]의 세속 민족주의자들이 그랬는데, 그들은 동시대 스페인 문화에, 말하자면 미겔 데 우나무노와 오르테가 이 가세트로 대표되는 이베리아 반도의 초역사적 이데올로기에 젖어 있었다. 또한 포르투갈 시인 테이셰이라 드 파스코아에스를 필두로 하는 향수주의자들도 (비록 나중에는 자이메 코르테상 같은 반파시스트 지도자들을 탄생시키기도 했지만) 사우다드[23]와 세바스티앙주의 같은 초역사적이고 신비주의적인 범주를 토대로 삼았다. 마지막으로 『오르페우』도 귀족적이었다. 포르투갈 아방가르드의 문학적 응결로서 엘리트주의적이고 반부르주아적 성격을 띠었던 이 잡지는, (사카르네이루[24]가 표적으로 삼았듯이 '나비 같은lepidóptero') '게으른patofolaio' 부르주아에 대한 이탈리아의 『라체르바』[25]와 『라 보체』의 공격에 상응하는 것을 포르투갈에서 이끌어냈다. 분명히 밝혀두자. 『오

21 Teófilo Braga(1843~1924). 아소르스 제도 출신의 작가이자 정치가로, 제1공화국의 두번째 대통령으로 선출되었다.

22 1912년 포르투를 중심으로 일어난 문화운동으로, 20세기 초반 포르투갈 문화계에 커다란 영향을 끼쳤다.

23 Saudade. 뉘앙스를 그대로 전달하기 어려운 포르투갈의 독특한 정서로, 굳이 번역하자면 '향수, 애수, 그리움'이라는 뜻이다.

24 Mário de Sá-Carneiro(1890~1916). 포르투갈 시인이자 극작가. 페소아와 친구였고 함께 아방가르드 문학지 『오르페우』를 이끌었다.

25 *Lacerba*. 1913년 1월 1일 이탈리아 피렌체에서 창간되어 1915년 5월 22일까지 간행된 문학지로 미래주의의 주요 무대가 되었다.

르페우』의 젊은이들은 스스로를 혁명가라고 생각했거나, 혹은 착한 전향자답게 문제 제기조차 하지 않았다. 그들의 반발은 지극히 보수적인 문화에 반대하는 것이거나, 의도는 좋지만 어설픈데다 끔찍하게 뒤처져 있으며 미학적으로는 졸라의 자연주의 방식에 고정되어 있는 부르주아의 피곤한 실증주의에 반대하는 것이었다. 『오르페우』의 반발은 유럽의 맛을 풍겼다. 대부분 센 강 기슭에서 확산된 (다다이즘, 미래주의, 입체주의, 오르피즘, 동시주의[26]와 같은) 모든 '주의'를 테주 강 어귀로 수입하고 이식한 것으로, 포르투갈에서 만들어진 건 일부였다.(감각주의, 파울리즈무, 교차주의 같은 아방가르드 비눗방울들은 그 창안자, 언제나 그렇듯이 말로 표현할 수 없는 페르난두의 빨대에서 날아오르자마자 같은 부류의 친구들의 박수 속에 약간은 울적하게 터져버리곤 했다.) 그런 만큼 포르투갈 아방가르드 역사가 지닌 반민주적 요소는 당시의 시대 상황에서 마리네티의 선언이 외치던 피스톤과 포미砲尾의 신비주의에 내재된(또는 잠재된) 폭력의 새싹이 되었을 테고, 나중에 그 선언이 약속했던 것도 지켜졌으리라고 내다볼 수 있을 것이다. 하지만 그렇지 않다. 속도, 기관차, 박격포, (심지어 지극히 빈약한 자유를 누린 낱말들의 폭발에 이르기까지) 일반적인 폭발과는 거리가 먼 포르투갈 미래주의는, 완전히 내면화되고 심리학적인 것이면서도 역설적으로 내향적인 미래주의였고, 아마 당시의 인간은 불안하다고 느꼈을 개연성이 높은 현재로부터 도피하거나 해방됨으로써 미래적 인간을 찾았을 것이다. 이는 마리네티의 강령

26 Simultaneismo. 동시성을 강조하는 예술 경향으로 일차대전 이전에 유행했다.

과 너무나 동떨어진 것이고, 지성인 세대 전체의 반발과 분노, 불안과 애수를 구체화하는 방해물이자 도피처로 기능한 미래주의의 가장 흥미로운 의미를 함축한 것처럼 보인다. 비록 그것이 증오하던 "나비 같은 자들"과 그 미학에 대해 연합 전쟁을 선포할 정도로 완벽하게 밖으로 드러나지 못하고, 지극히 품위 있고 약간은 유행에 뒤떨어진 의례로 유지된(그리고 상실된), 여러 산발적이고 종종 사적인 조그마한 결투들로 끝났을지라도 말이다. 2호를 출간할 때 곧바로 부닥친 『오르페우』의 재정적 난관, 경찰들에 의한 『포르투갈 푸투리스타』의 윤전기 약탈, 파리의 작고 소박한 호텔에서 연미복 차림으로 사카르네이루가 자살한 일, 이전 망명객 소자 카르도주와 산타히타 핀토르의 발자국을 따라 알마다 네그레이루스[27]가 유럽행 열차를 탄 일이 그랬다. 사무직이라는 소심한 옷 속에 더욱 깊이 숨어버린 페소아의 패배(그의 패배는 실존적 패배가 아닌 존재론적 패배였지만), 그런 그의 패배를 떠나서 말이다.[28]

27 소자 카르도주(Souza Cardoso, 1887~1918)는 주로 파리에서 활동한 화가였고, 산타히타 핀토르(Santa-Rita Pintor, 1889~1918)는 미래주의 화가이자 작가였으며, 알마다 네그레이루스(Almada Negreiros, 1893~1970)는 미래주의와 입체주의에서 영향받은 화가였다.

28 포르투갈 미래주의의 이데올로기적 입장에 대한 철저한 분석으로는 『마리네티와 미래주의*Marinetti et le Futurisme*』(공저, '카이에 데 아방가르드' 시리즈, 로잔: 라주 돔, 1978년) 171~288쪽에 실린 피에르 리바의 「포르투갈 미래주의 안에서 반동적 이데올로기와 파시즘의 유혹」을 참조하라. 그리고 『유럽*Europe*』(제551호, 1975년 3월) 126~144쪽에 실린 같은 저자의 「포르투갈과 브라질에서 미래주의의 경계와 한계」도 매우 유용하다. 반면 페소아의 이데올로기에 대해서는 『포르투갈 연구 회보*Bulletin des Études Portugaises*』('누벨 세리' 제32권, 파리, 1971년) 41~184쪽에 실린 알프레두 마르가리두의 「페르난두 페소아의 정치사상」을 빼놓을 수 없다. [원주]

이것이 페소아의 담론이 속해 있던, 또한 민족주의적이고 제국주의적이며 심지어 독재적인 사상들의 공언 속에서 이데올로기 측면에서 그가 결론을 찾아낸, 문화적 분위기였다. 필연적인 비교 대상처럼 보일 수 있는, 우리 시대의 인물 보르헤스를 생각하지는 말기 바란다. 페소아의 시는, 20세기의 인간에 대한 매우 복잡하고 고통스럽고 비극적이지만 동시에 명쾌하고 냉정한 분석이다. 그는 조롱하고 또 조롱당하며 고뇌하는 사람으로서 자신의 진리와 심술 속에서, 역설의 남용 속에서, 이미 아이러니하게 활용된 격언과 정반대되는 것을 아이러니하게 주장할 수 있는 능력 속에서, 20세기의 가장 혁명적인 시를 구현했다. 따라서 이토록 모순적이고 복잡하고 불편하고 당혹스럽기까지 한 사상에 대해 성급하고 어쩌면 불필요할 수도 있는 정치적 딱지를 붙이는 위험을 피하기 위해서는 차라리 우발적으로 어떤 구조적 체계를 찾기 바라는 편이 나을 것이므로, 페소아를 20세기의 '네거티브' 문학에 속한다고 말해보고 싶다. 먼저 그의 시에서 이성을 압도함으로써 드러나는 반이성, 말하자면 몽상적인 것과 무의식적인 것의 해방부터 짚고 넘어가고 싶다. 그리고 모든 '자아'들이 동시에 시를 쓸 수 있도록 허용해주는 '다른 이름'의 메커니즘 덕택에 확립된 통시성通時性보다 공시성共時性에 주목하고자 하는데, 이는 시의 차원으로 옮기면 헤겔적 범주들의 파괴를 의미한다. 마지막으로 외부적이면서 아리스토텔레스와 데카르트에 의한 시간성과 공간성에 상응하지 않는 내부적인 시간성과 공간성의 확립, 인간에게 있어 '안'과 '밖' 사이의 불일치를 짚어보고 싶다.

너무나 인류애적이면서 동시에 사악한 이 시대에, 페소아는 모든 인류애와 모든 사악함을 염려했다. 그는 사변적이고 위안을 주는 자선을 사랑하지 않고 그 불안한 이면을 제시했으며, 엄숙하고 카리스마적인 유토피아들을 사랑하지 않았다. 마치 거기에서 파렴치함과 살육을 예감한 것처럼. 페소아는 다수의, 괴물 같으면서도 사악한 의식이었다. 나의, 우리의, 당신들의 의식이었으며, 어떤 선한 의지든 상관없이 선한 의지를 가진 모든 사람의 의식이었다. 페소아는 고통의 비명이자 구슬픈 울음이었고, 아주 높은 음정의 노래이자 찡그림이었으며, 훌륭한 교수가 자신의 공리를 증명하기 위해 평온하게 줄을 긋고 있는 칠판을 할퀴는 손톱이었다. 페소아는 하나의 응고물이었고, 자신에게 주어지지 않은 형벌까지 모두 고려하도록 운명지어진 것처럼 보이는 창조물들 중 하나였다. 브라질 작가 무릴루 멘지스가 그에게 헌정한 시 한 구절에서 보듯, "긍정의 부정을 전달하는 모스부호morse transmitindo o não do sim" 같은 페소아의 '네거티브'는 아마 이런 것, 즉 확립되는 기호를 다시 피하는 것, '우세함'을 거부하는 것으로 구성되어 있는 듯하다. 왜냐하면 그는 모든 '긍정' 속에, 가장 충만하고 가장 완전한 긍정 속에도 미세한 '부정,' 그러니까 어두운 궤도를 돌면서 바로 그 우세한 '긍정'을 창조하는 반대 기호를 간직한 소립자가 있다는 것을 깨달았기 때문이다. 그리고 건강함의 병리적 측면을 연구하는 괴짜 과학자처럼 그 어두운 궤도를 조사하기로 결심한 것이다. 절대로 아무것도 가르치지 않으려는 의지 속에서 그가 자기 자신을 두고 말하듯 "쓸모없는 것들의 엄숙한 탐구자"라고 한 그 말은 충고였을까 아니면 으름장이었을까? 호의를 갖고 한 말이었을까 아니면 어둠 속에서 터뜨린 폭소 같은 것일까?

아마 페소아는 개념 단계에서 실천 단계로 이행하지 못했다고, 적어도 트라우마 없이는 이행하지 못했다고 말할 수 있을 것이다. 아마 그는 말씀이 육화되는 과정에서 일정한 분량의 저속함이 내포되었다고 확신했을 수도 있다. 페소아는 몸짓을 사랑하면서 그 몸짓을 하는 손은 사랑하지 않았다.("오, 하프를 연주하는 여인이여, 당신에게 입맞춤할 수 있다면/당신의 손이 아니라 당신의 몸짓에!……") 어쩌면 그는 세상을 혐오하고, 단지 세상의 플라톤적 이데아만을 사랑했는지 모른다. 그리고 혹시 언젠가는 그에게 성급한 정신분석[29]을 적용한 비평가들이 지금까지 이루어놓은 것보다 더 큰 신빙성을 갖고, 누군가 우리에게 이렇게 말할 수도 있다. 그의 '네거티브' 존재는 근본적으로 완전히 개인적인 사

29 이상하게도 페소아에 대한 정신분석학적 해석은 최소한 만족스럽고 체계적인 방식으로는 전혀 이루어지지 않았다. 다른 이름 자체에 대해서도 그렇고, 전체 작품에 대해서나, 다른 이름의 각 개별 인물에 대해서도 그렇다. 주앙 가스파르 시몽이스의 경탄할 만한 전기에서 시도된 즉흥적인 프로이트적 해석은 비록 암시적이지만 적절히 신중을 기해 받아들여볼 만한데, 이 해석은 작품보다는 사람을 대상으로 하고 있다. 이런저런 시 텍스트에 대한 다양하고 때로는 놀라운 정신분석학적 공헌들에 대해서는 간략함을 위해 언급하지 않겠다. [원주]

실, 내면적이고 지극히 사적인 사실, 무언가 비밀스럽게 정결하면서도 불결한 것, 무능함을 내포하고 있는 동시에 지성의 죄 또는 악습이 되는 겉만 아름다운 순백의 불결함으로 이루어져 있다고 말이다. 엄격히 사적이고 어느 정도는 가족적이고 유아적이면서도 분명 실존적인 차원에서 탄생한 조그마한 덩어리가, 세계관Weltanschauung이 되었고, 존재론적 차원을 띠게 되었으며, 한 시대와 문화 안에서 성장에 바람직한 환경을 발견해 서양 문명이 달려가고 있는 아리스토텔레스와 데카르트의 직선 도관導管을 가로막았다. 그러고는 고인 웅덩이들과 늪들, 미지의 지류들을 만들어내고, 자기 자신과 타인과의 관계, 개별성과 상호개별성, 사회성과 개인성, 정상과 광기를 이해하려는 불안정한 지표들을 만들어냈던 것이다. 아마 원래는 어린아이 페르난두라는 모호한 덩어리였던 것이 시인 페소아라는 지성의 오만한 죄, '왕위의 본질을 소유하기 위해 왕위를 포기하는' 도착倒錯이 되었을 것이다. 근본적이고 거의 역겨울 정도의 억압이, 페소아를 20세기를 통틀어 가장 뛰어난 네거티브, 부재, 뒤집기의 시인으로 만들어놨던 것이다.

하지만 인간과 세상에 대한 그의 네거티브 견해를 만들어냈을 원인들과는 상관없이 우리에게 충격을 주는 것은, 어떻게 페소아가 죽음의 침상에서도 후회나 전향의 알리바이 속에서 도피처를 찾지 않고 한결같이 명석하고 보기 드문 일관성으로 그런 견해에 충실했는가 하는 점이다. 그리고 그의 전기에서 나타나는 암시들을 잠시 참고해, (카프카한테 있어 막스 브로트 같은 존재인) 페소아의 권위 있는 전기작가이자 친구인 주앙 가스파르 시몽이스[30]의 말을 빌리자면, 무관심하고 냉소적인 신지학자이자 심한 근시였던 그가 숨을 거두기 전에 했다는 이 말을 인용하는 것도 헛되지는 않을 것이다. "내 안경을 주시오."

페소아, 그는 누구였는가?

하지만 만약 냉정하고 회의적인 그의 아이러니에도 불구하고 현실이 부질없지도 않고 불합리하지도 않다면, 그러니까 만약 페소아가 '그 너머에서' 언제나 찾던 그 대문자 현실을, 마치 거울에 비치듯 경멸스럽고 썩어갈 '이' 소문자 현실에서 자신을 비추어볼 현실을 예기치 않게 발견했더라면, 1942년 그날 두꺼운 렌즈 뒤에서 친구들이 자기 트렁크와 씨름하는 광경을 관찰하면서 그는 얼마나 즐거워했을까? 왜냐하면 미발표 원고들은 방대하고 복잡하게 표현되고 구분되어 네 가지 시작품들의 차원에 이를 정도인데, 주요 인물 세 명(카에이루, 캄푸스, 헤이스)에다 본명까지 다른 이름들을 확인시키고 강화시킬 뿐만 아니라, 다른 이름의 산문가 베르나르두 소아르스라는 인물을 풍부하게 해주고, 여기에 본명 인물의 전혀 예기치 못한 활동, 말하자면 일기작가, 미학자, 문학비평가, 추리소설 작가로서의 페소아와 함께, 최근에야 알려진 다른 두 철학자들의 다른 이름들인 라파엘 발다야와 안토니우 모라의 완벽한 존재를 드러내주기 때문이다. 게다가 신비롭고 매력적인 다른 이름들 한 무리가 실체를 띠기 시작했으

30 João Gaspar Simões(1903~1987). 포르투갈의 작가이자 비평가, 편집인으로서 페소아의 작품을 최초로 편집하고 그에 대한 전기를 썼다.

니, 장 쉴 드멜뤼레, 토머스 크로스, 찰스 로버트 아논, 찰스 서치, 알렉산더 서치, 바랑 드 테이브, 판탈레앙, A. A. 크로스, C. 파셰쿠 등이 그렇다. 거기에다 당시의 정신과 의사들에게 쓴 편지 원고들(보냈을까, 보내지 않았을까?) 속 자가진단, 캄푸스의 도발적인 인터뷰, 다른 이름들 사이의 논쟁, 서로 주고받은 칭찬이나 혹평, 카에이루와 캄푸스의 별자리점도 있다. 거기에 또 라파엘 발다야의 명함, 글씨 쓰는 법을 아직 배우지 못한 로버트 아논으로서 그의 이름으로 한 필기 연습, 단호하고 의욕에 넘치며 분명한 캄푸스의 서명, 스승 카에이루의 평온한 필체가 있다. 마지막으로 비교秘教적 심연, 영체의 환시, 임상 기록처럼 믿을 수 없을 만큼 객관적이고 냉정하며 아주 명쾌한 일기도 있다.

이런 상황에서 그를 알고 있다고 믿었던 소수의 친구들, 지성인 페소아의 공적인 측면뿐 아니라 사적인 측면, 루차나 스테가뇨 피키오가 말했듯이 "의례적인 것을 병리적으로 존중하는 사무원 신분의 낮은 어조"[31]까지 알고 있던 친구들, 쉽게 예측할 수 있는 사무원의 일상생활, 모자, 검은 옷, 셋방, 몇 마디 담소를 나누기 위해 언제나 똑같은 카페에 머무는 습관을 잘 알던 친구들은 필시 당혹감을 느꼈을 수도 있다. 페소아, 그는 누구였는가?

31 Luciana Stegagno Picchio, "Pessoa, uno e quattro," *Strumenti Critici* n. 4(1967. 10), p. 381. [원주]

해결되지 않은 질문이 부각됨에 따라 우리도 더 당황하게 된다. 한 예리한 페소아 비평가가 시인에 대한 최근 연구서 첫머리에서 다음과 같은 함축적인 문장으로 제기한 전제를 공유함으로써, 이 질문을 부분적으로 중화해볼 수는 있을 것이다. "이 글의 저자는 시인이 '천재'라는 것을 확장된 그 모든 의미로써 이미 받아들인 상태다. 시인의 작품이 낳은 해석들을 알고 있는 사람은 그 천재성이 평범하지 않음을 알고 있다. 그럼에도 겉보기에는 쉬운 그런 인정이 어떤 문제도 해결해주지 못한다는 것을 간과할 수는 없을 것이다."[32]

천재성이 문제를 해결하지 못한다는 건 자명하다. 한데 나는 거기에다 광기도 덧붙이고 싶다. 두 용어의 보완성이나, 롬브로소[33]의 널리 알려진 천재와 광기 사이의 등식 때문이 아니라, 광기가 페소아의 삶과 작품에서 잠재적으로나 공개적으로나 떠돌며 나타났다가 사라졌기 때문이다. 이는 삶에서 다양한 양상으로 나타났다. 고독한 유년기에는 어린 페르난두가 상상의 등장인물 슈발리에 드파[34]를 통해 자기 자신에게 편지를 쓸 때 고개를 내밀었고, 가족이 더반으로 떠나기 전에는 심각한 정신병에 시달리던 할머니를 리스본의 정신병원에 입원시킬 수밖에 없었던 가족의 비극으로 나타났으며, 남아프리카공화국에서 보낸 사춘기에는 다른 이름 알

32 Eduardo Lourenço, *Pessoa revisitado. Leitura estruturante do Drama em Gente*, Porto: Inova, 1973, p. 13. [원주]

33 Cesare Lombroso(1835~1909). 이탈리아의 심리학자이며 범죄인류학의 창시자로, 범죄자에게는 일정한 신체적 특징들이 있다고 주장했다.

34 Chevalier de Pas. 페소아가 여섯 살 무렵에 처음으로 창조해낸 다른 이름.

렉산더 서치라는 형상으로 다시 나타났는데, 그는 문학 차원에서 벗어나 페소아의 삶 속으로 들어가 상응관계를 형성했다. 또한 당시 프랑스의 저명한 정신과 의사였던 엑토르 뒤르빌과 앙리 뒤르빌 박사[35]에게 쓴 (그러나 아마 보내지 않은) 스스로를 '히스테리성 신경쇠약'이라고 진단한 편지에서 공개적이지만 명석한 통제로써 방어적인 양상으로 나타났으며, '비학'에 빠져 있던 시기, 페르난두가 영체와 영기靈氣의 환시, 자기 시선이 지닌 투시력, 미지의 스승과 파장의 내면적 동조에 대해 기록할 때에는 이미 통제할 수 없이 흘러넘친 것처럼 보인다.

하지만 광기는 분명히 작품 안에도 들어 있었다. 비학에의 몰입이나 일부 본명으로 쓴 시들에 나타난 거의 강신술에 가까운 신비주의 때문이라기보다는, 바로 외부적인 사실, 너무나 자율적이고 너무나 상이하며 때로는 너무나 대립적인 인물들을 토대로 유지되는 작품 구조 때문이다. 그들이 살아 움직이도록 만든 편집증적 꼼꼼함은 차치하더라도, 각 인물은 저마다 호적에서부터 신체적 특징, 기질, 틱 증세, 기호에 이르기까지 또렷하게 묘사되었다. 이 모든 게 광기처럼 보일 수 있지만, 포르투갈의 비평가 에두아르두 로렌수가 천재성이라는 말로 짚어냈듯 이것 역시 어떤 문제도 해결해주지는 못한다. 실제로 다른 이름은 구체적인 실현과정에서 완벽하게 기능했다. 말하자면 분열을 유발하는 메커니즘이 우리를 당

35 엑토르 뒤르빌(Hector Durville, 1849~1923)은 프랑스 강신술사이며 동물자기磁氣요법을 실행했으며, 그의 아들 앙리 뒤르빌(Henri Durville, 1887~1963)은 동물자기요법과 최면요법 사이의 차이를 증명하기도 했다.

황스럽게 할지언정, 각각의 인물은 확실하고 자족적이며 완벽한 시인이다. 그러니까 광기는 작품으로 표명된바, 본질적으로 합리화되고 해결되어 있던 문제였다.

여기에서 논의는 필연적으로 문학적 사실을 관장하는 허구의 차원으로 옮아간다. 문학적 기능, 말하자면 존재하지 않는 인물들의 창조에서, 공은 단지 작가만이 보내고 반면에 등장인물은 네트 맞은편에서 공을 받아치는 기능만 하는 이 기괴한 게임에서, 페소아는 철저하게 이 게임을 하기로 수락했다. 그의 편에서 보자면 게임은 양방향으로 움직이는 것이다. 그러니까 어느 순간 그가, 아니 네트 맞은편에 있던 사람들이 반응해왔던 것이다. 그리고 페소아는 충실하게 이 게임에 임했다. 페소아의 다른 이름에서 발견해낼 다른 임상적 사례란 전혀 없다. 단지 '단순한 광기'일 뿐, 아마 모든 문학이 그러하듯 '단순한 광기'일 뿐이다. 페소아를 설명하기 위해, 또 어쩌면 그가 우리에게 전달하는 불안감을 해소하기 위해, 누군가는 정신적 동요, 트라우마, 애정 결핍, 오이디푸스 콤플렉스, 억압된 동성애 성향에 대해 말하기도 했다. 하지만 이것은 문제점이 아니며 중요한 것도 아니다. 중요한 것은, 그가 우리에게 말했듯이 "모든 예술과 마찬가지로 문학은, 삶이 충분한 것이 아니라는 것을 증명해준다"는 사실이다.

굽이진 흐름들의 뚜껑문

페소아와 함께, 우리 시대 문학의 커다란 관심사 중 하나인 자아가 무대에 입장해 자신에 대해 말하기 시작했고, 자신에 대해 성찰하기 시작했다. 다른 이름은, 정신분석 진단서처럼 세심한 조정調整을 거쳐 명석하고 지성적인 한 사람이 자신이 그런 사람이 아닐까 의심하는 모든 사람을 분명하게 문학 안으로 이동시킨 것일 뿐이다. 덧붙이자면, 아마 다른 어떤 시대에도 명석하고 지성적인 한 사람이 스스로가 여러 사람일 것이라고 지금처럼 의심해보지 않았다는 사실이다. 그런 의심 때문에 19세기 막이 내려오는 동안 네르발은 때맞춰 객석을 향해 ("나는 타자다Je suis l'autre"라며) 속삭였고, 악동 랭보는 유성처럼 문학 무대를 가로지르면서 1871년 5월 15일 시인 폴 드메니에게 보낸 편지에서 전격적으로 다음과 같이 외쳤다. "나는 타자다JE est un autre."

하지만 분명 페소아는 자신의 모든 '타자'에게 귀속시킨 서로 다른 대본들을 신중히 편집함으로써, 후기 낭만주의 시론들에서 전형적으로 나타나는 창조자의 무책임이라는 수직 방향보다는(비록 그런 비합리적이고 통제할 수 없는 요소가 최초의 다른 이름이 글을 쓴다고 주장하는 자동기술법에서 그렇듯이, 그의 작품 내 핵심적인 곳들에 나타나 있다 하더라도), 최초에는 무책임했던 행동을 지배하고 책임지면서 한 체계의 수평면에서 움직이는 창조자의 방향을 향해 나아갔다. 이런 의미에서, 자기 체계에 부분들의 게임을 할당함으로써 20세기에 자주 나타난 논쟁들 중 하나를 페소아가 '미리' 모두 요약해두었다고 말할 수 있다. '미리'라고 말한 것은 자기 "삶에서 승리의 날," 잠재적인 카에이루가 나타나(이어서 캄푸스와 헤이스가 나타나) 시를 쓰기 시작한 날이 1914년 3월의 어느 날이었고, 반면 문학의 뚜껑문을 통해 자아의 지하세계로 내려간 사람들(한편으로는 브르통과 그의 추종자들, 다른 한편으로는 『제노의 의식』의 스베보, 『아무도 아닌 동시에 십만 명인 어떤 사람』의 피란델로, 『피네간의 밤샘』의 조이스, 『후안 데 마이레나』의 마차도와 같은 사람들)의 20세기, 그 20세기는 아직 발명되어야 할 시기였으니 말이다.[36] 다른 이름은 다중 인간의 다른 이름이거나, 역설적으로 외로움의 병리현상이자 동시에 그에 대한 치료법으로서의 다른 이름이었다. 그리고 외로움은 다른 이름 체계의 또다른 측면이자 의미였으며, 자아(그리고 그 직접적인 결과)와 함께 20세기의 또다른 주요 주인공이기도 했다. 왜냐하면 분명히 자아와 함께 '제2의 것은 주어지지 않는 것'이니 말이다. 자아는 내부로, 단지 그 방향으로만 바라보는 것이며, 소우주는 대우주가 되고, 주체는 객체를 배제하고, 아니 주체가 객체 그 자체가 되어, 자기 자신에게 '또다른 자아'로서 제시되기 때문이다. 더이상 다른 것은 없고 또다른 자아, 다른 이름뿐이다. 다른 이름은 그 수많은 것들 속에서 실제로는 외로움이다. 형이상학적 차원을 띨 수도 있고, 20세기 문화의 다른 매듭, (카프카, 하이데거, 카뮈, 베케트와 같이) 진정 커다란 매듭을 맺는 외로움이다.

> Estou só, só como ninguém ainda esteve,
> oco dentro de min, sem depois nem antes.

36 『제노의 의식』은 1923년, 『아무도 아닌 동시에 십만 명인 어떤 사람』은 1925년, 『피네간의 밤샘』은 1939년, 『후안 데 마이레나』는 1936년, 첫번째 『초현실주의 선언』은 1924년에 나왔다. 마지막으로 흥미롭게도 프로이트의 『자아와 이드』는 1923년에 나왔다는 사실을 특기하고 싶다. [원주]

나는 외롭다, 그 누구도 그런 적 없게,
내 내부는 텅 빈다, 이전도 이후도 없이.

알바루 드 캄푸스의 (1917년) 첫 시들 중 한 편에 있는 위의 두 행은 그렇게 말한다. 캄푸스는 「시간의 흐름」에서 자기 혼자만의 다수성의 비밀을 우리에게 장엄하게, 거의 광폭하게 폭로한다.

Multipliquei-me, para me sentir,
Para me sentir, precisei sentir tudo,
Transbordei, não fiz senão extravasar-me,
Despi-me, entreguei-me,
E há em cada canto da minha alma um altar a um
deus diferente.

나는 다수가 되었다, 나를 느끼기 위해.
나를 느끼기 위해, 나는 모든 것을 느껴야 했다.
나는 흘러넘쳤다, 단지 흘러넘치기만 했다,
나는 옷을 벗었고, 나를 주었다.
내 영혼의 구석마다 다른 신을 위한 제단이 있다.

하지만 형이상학적 외로움은, 단지 이후에 나타날 문학의 가장 고통스러운 주제들을 20세기 초 시에다 고정시킨, 이 수수께끼 같은 포르투갈 사람이 느낀 외로움의 '높은' 측면일 뿐이다. '낮은' 측면에는 인간의 외로움도 있었다. 인간적이든 이데올로기적이든 종교적이든 어떤 종류의 동반자도 예상할 수 없는 실존적 외로움의 은유처럼, 초라한 사무원으로 채용된 단조로운 삶이었다. 그렇다면 그의 전기를 돌아볼 필요가 있을 것이다. 비록 그런 인물의 존재를 방문하는 것, 아주 집요하고 정교하게 만든 잿빛 케라틴 껍질, 그 안에서 프티부르주아 벌레같이 감지할 수 없는 삶을 살았던 페르난두 페소아의 껍질을 모독하는 것이, 거의 죄의식에 가까운 불안감을 유발한다 해도 말이다.

글쓰기와 삶

하지만 미리 말해두겠는데, 20세기는 역시 이런 존재를 또 얼마나 많이 '만들어냈는가!' 그 당시 문학 무대에서는 황금과 다마스쿠스 능직綾織처럼 위스망스나 단눈치오 같은 이들의 쇠락하는 화려함, 요란하고 초인적인 인물이 부각되었다는 것을 생각해보면, 그것들이 어찌하여 다른 시대의 잔재이며 난파당한 19세기의 유물인지 알 수 있다. 그리고 페소아의 존재가 얼마나 20세기적인지 이해할 수 있고, 발레리와 스베보, 보다 정확히 말하면 발레리와 스베보보다 그들의 작품에 등장하는 테스트 씨와 제노 코시니 같은 부르주아 존재들의 정수이자 패러다임이었으며, 카프카의 등장인물보다 더 카프카적이었다는 것, 즉 아무것도 아닌 인간, 불쌍한 사람, 쓸쓸한 셋방들로 이루어진 삶의 초라한 사무원, 어느 날 그레고르 삼사처럼 딱정벌레로 변한 채 잠에서 깨는 사람의 원형原型이었다는 것을 이해할 수 있다. 그런 페소아는 삶에서도 20세기 문학의 모범적인 등장인물이었다. 발레리는 테스트 씨를 통해, 스베보는 제노를 통해, 카프카는 측량기사나

K를 통해 어떤 면에서는 자신의 삶을 예시적으로 보여주었는데, 그러기 위해 삶을 몇 옥타브 낮추거나 문학 사상 최악의 실존적 상황으로 환원시키는 수법을 썼다. 그런데 페소아는 그런 역할을 실제로 살았다.

페르난두의 외로움은 처음에는 주변 상황의 산물이었다. 1893년 페르난두가 겨우 다섯 살이었을 때 아버지가 결핵으로 사망했고, 이듬해에는 어린 남동생이 죽었다.(바로 그 해에 슈발리에 드파라는 인물이 나타났다.) 장례식과 광기에 둘러싸인 집에는 정적이 감돌았고 할머니는 리스본의 정신병원에 입원했다. 그후 그는 모든 것을 뒤로하고, 장교이며 남아프리카공화국의 포르투갈 영사였던 의붓아버지 주앙 미겔 호자가 살던 더반으로 떠났다. 남아프리카공화국에서 사춘기의 마지막 시기와 청년기를 보냈다. 시에서는 그 시절을 한 번도 언급하지 않았지만, 1896년에서 1905년에 이르는 십 년의 시간이었다. 그가 전혀 언급하지 않을 정도로 기억에서 고집스럽게 억압되고 시에서 추방된 그 기간은, 가족 앨범 속 세피아빛 사진 몇 장의 도움을 받아 불러낼 수 있다. 한 사진에는 사람이 없는 바깥 풍경이 담겨 있다. 네오고딕 양식의 엄숙한 교회와, 페르난두가 초등교육을 받았던 더반의 성 요셉 학교의 근엄한 건물 일부가 보인다. 그냥 눈으로 훑고 스쳐지나갈 수도 있는 평범한 익명성을 보여주는 이미지다. 하지만 이는 청교도적이고 엄격하며 억압적이었던 페소아의 유년기 교육 시절과 머나먼 나라에서 체험한 빅토리아 왕조에 대한 것들을 전해준다. 두번째 사진은 사진관에서 찍은 것으로, 부르주아 가족 모두가 자손들의 이미지를 통해 고유의 사회적 신분과 취향, 삶의 방식을 보여주는 일종의 신분증 같은 사진이다. 열 살의 페르난두는 교복 차림인데, 깃에 꽃 장식이 달린 검은색 짧은 셔츠와 알제리 보병 같은 주아브식 반바지에 무릎까지 오는 긴 양말을 신고 있으며, 한 손을 어색하게 호주머니에 반쯤 꽂고 있다. 사진사는 띠를 두른 남자 어린이용 밀짚모자를 19세기 말의 사진관들이 애용하던 거친 나무 등걸 위에 올려놓았다. 마지막 사진은 가장 충실한 사진으로 사회적 재현 코드에서 벗어나 있다. 가족들이 더반의 별장 계단에 앉아 있는 스냅 사진이다. 오른쪽에는 뚱뚱하고 성숙한 모습의 장교 호자가 사복 차림을 하고 부루퉁하지만 너그러운 표정으로 끝에서 둘째 아이를 잡고 있다. 왼쪽에는 마달레나 부인이 때 이르게 머리가 센 늙은 모습으로 막내를 무릎에 안고 있으며, 사춘기의 페르난두는 계단 중간에서 누이의 옆이긴 하지만 약간 떨어진 곳에 앉아 있는데, 처진 어깨, 한쪽 무릎 위에 얹은 깍지낀 손, 미묘한 쓸쓸함을 띤 채 꽉 다문 입, 카메라 렌즈 너머를 응시하는 눈 등 연약한 청소년의 모습이다. 마치 자신이 이 자리에 임시로 끼었고 어울리지 않는다고 느끼는 사람이 초조해하듯 불편한 자세를 하고 있다. 그 얼굴에서 '행복했고 아무도 죽지 않았던' 시절의 리스본에 대한 그의 사우다드를 읽을 수 있다.

> No tempo em que festejavam o dia dos meus anos,
> eu era feliz e ninguém estava morto.
> Na casa antiga, até eu fazer anos era uma tradição de
> há séculos,

e a alegria de todos, e a minha, estava certa com uma
religião qualquer.

내 생일을 함께 축하해주던 시절,
나는 행복했고 아무도 죽지 않았다.
옛날 집에서는 내 생일 역시 오래된 전통이었고,
모두의 즐거움과 내 즐거움은 다른 어떤 종교처럼
확실했다.

—알바루 드 캄푸스, 「생일Aniversário」

그것은 그의 내부에서 오염되지 않은 유년기 기억의 이미지 안에 살아 있는 리스본, 반복될 수 없고 되찾을 수 없는 리스본이었다.(하지만 당시의 페르난두는 아직 그것을 몰랐고 오랜 세월이 지난 후에야 이렇게 쓸 수 있었다.)

Outra vez te revejo,
Cidade da minha infância pavorosamente
perdida……
Cidade triste e alegre, outra vez sonho aqui……
Eu? Mas sou eu o mesmo que aqui vivi, e aqui voltei,
E aqui tornei a voltar, e a voltar,
E aqui de novo tornei a voltar?

Ou somos, todos os Eu que estive aqui ou estiveram,
Uma série de contas-entes ligadas por um fio memória,
Uma série de sonhos de mim de alguém de fora de
mim?

또다시 너를 보는구나,
두려워하며 잃어버린 내 어린 시절의 도시……
슬프고 즐거운 도시, 또다시 내가 꿈꾸는 곳……
내가? 하지만 여기에서 살았고 여기에 돌아온 것은
나 자신인가?
여기에 계속해서 돌아오고 또 돌아왔던,
여기에 또다시 돌아오고 또 돌아왔던 나 자신인가?

아니면 우리는 모두 여기에서 살았던 나인가?
기억의 실로 묶여 있는 일련의 진주 같은
실체들인가?
나의 외부에 있는 누군가가 나에 대해 꾼 일련의
꿈들인가?

—알바루 드 캄푸스,
「돌아온 리스본Lisbon Revisited」(1926)[37]

페르난두는 1905년 리스본으로 돌아왔는데, 고등학교 졸업장과 케이프타운 대학입학시험에서 수상한 퀸빅토리아메모리얼 상을 품고 리스본 대학교 문학부에 입학하기 위해서였다. 분명히 유년기 기억의 유혹에 저항할 수 없었을 것이다. 하지만 이제 그는 외로움을 지니고 다녔는데 그것은 문화적으로 형성된 것이기도 했다. 그 외로움은 이스트란제이라

37 알바루 드 캄푸스의 이름으로 쓴 같은 제목의 시는 두 편으로, 각각 1923년과 1926년에 썼다.

두[38]의 외로움, 자기 조국에서의 이방인, 다른 언어를 쓰는 사람의 외로움이었으며, '독일인' 카프카, '프랑스인' 베케트의 외로움과도 비슷한 것이었다. 하지만 내적으로는 현실에 뛰어들지 못하는 무능함, 모든 것이 쓸모없다는 느낌, 모든 것에 대한 이질감, 안정감과 습관적인 것에 대한 욕망이 있었다. 그리고 이 습관적인 것은, 대학의 강의 노트를 잡초밭에 내버린 뒤 시간표대로 사무실과 셋방 사이를 시계추처럼 오가는 사무원의 상황에서 피난처를 찾는 것으로 전환되었다. 저녁에 자기 자신과의 대화에 사용하는 언어인 영어로 쓴 '개인 노트들personal notes'에는 외로움이 넘친다. (비평, 철학, 독서, 다양한 생각 등) 서로 다른 것들에 관한 잡다한 기록 외에, 페소아가 직접 자기 자신과 관련된 글에서 이따금 사용하는 보고서처럼 중립적이고 비개성적인 문체로 쓴 조그마한 일기가 있다. 그것은 1913년 3월에서 4월 사이에 보낸 일과들에 관한 무미건조한 보고서인데, 거기에서 무의식적으로 드러나는 외로움과 황량함에 대해서야 더 말해 무엇하겠는가.

마침내 1914년 3월 운명의 저녁에 최초의 다른 이름, 그러니까 허구의 광기가 탄생했다. 아니면 앞에서 말했듯이 그건 외로움의 치유책이었다. 한 인간의 외로움이 마치 거울에 반사된 듯 다시 저마다 외로운 세 사람의 이미지로 나타난 것이다. 아주 자세하게 작성된 카에이루, 캄푸스, 헤이스의 호적부에는 실제로 가족 사이의 교류든 감정적 교류든 모든 유형

38 estrangeirado. '이방인'을 뜻하는 포르투갈어 estrangeiro에서 나온 말로 17세기 후반과 18세기에 과학혁명과 계몽주의 등 외국 사상을 포르투갈에 확산시키려고 노력한 지성인을 가리키는데, 그들이 대부분 외국 출신이었기 때문이다.

의 교류가 결여되어 있다. 그뿐만이 아니다. 자신들의 아버지처럼 그들도 '제자리를 벗어난 사람들déplacés' 즉 소외된 자들이었다. 헤이스는 자신의 군주제 사상 때문에 자발적으로 브라질로 망명했고, 글래스고에서 조선공학을 전공한 캄푸스는 리스본에서 실업자로 지냈으며, (1889년에 출생해 다른 이름으로 태어난 이듬해인 1915년에 사망했다고 나오듯) 호적부에 이미 사망 사실이 기록된 카에이루는 줄곧 나이든 고모할머니의 시골집에서 살았다.

외로움이 세 겹으로 되는 순간부터 모든 가능한 원자가原子價는 포화상태가 되었다. 그때부터 페르난두 페소아는 하나의 폐쇄 회로, 자족적 체계가 되었다. 문학적 일지에는 당시 포르투갈 지성인들, 특히 시인 마리우 드 사카르네이루와의 관계가 기록되어 있지만 이는 주로 지성적이고 문화적인 영역에 한정된 것으로, 인간적이고 애정적인 관계 측면에서는 언제나 엄격하고 신중한 태도를 유지했다. 반면 개인적 일지에는, 그가 상업통신문들을 영어나 프랑스어로 번역해주던 회사 중 한 곳의 사무원이었던 리스본 양갓집 아가씨 오펠리아 소아르스 케이로스에 대해 느끼는 우정을 감상적으로 기록해놓았다. 이 관계는 고통스럽고 병적이며 약간은 자해적인 성격을 띤, 완전히 유희적인 관계였다. 페소아는 그녀에게 연애편지를 쓰곤 했는데, '정상적인 약혼자' 같은 그의 어조는 놀라움을 준다. 어딘가 집요하고 부조리한 것 같다는 의혹만 거둬낸다면, 부드럽고 감상적일 수 있는 단순한 분위기에서 그렇게 유희는 계속되었다. 더군다나 오펠리아가 경건한 신자임을 알고 있는 페르난두가 수수께끼 애호가로서 런던의 『타임스』지에서 거액의 상금을 내건 낱말맞히기 대회에 참가한 친구 A. A. 크로스를 위해 기도해달라고 그녀에게 부탁한 편지에 대해서는, 어떻게 판단을 내려야 할지 난감하다. 만약 친구 크로스가 우승자가 되어 엄청난 상금을 탄다면, 크로스가 페르난두와 오펠리아가 결혼하는 데 필요한 물품 구입 비용의 일부를 주기로 너그럽게 약속까지 해놨다고 하니 말이다. 하지만 A. A. 크로스는 헤이스, 캄푸스, 카에이루가 존재하는 차원에 존재한다. 분명 오펠리아도 알고 있을 단순한 농담에 불과하다 해도, 페소아와 다른 이름들 사이에 얽힌 너무나 복잡한 관계들을 고려해본다면 일반적으로 생각하는 만큼 그렇게 단순한 문제는 아닌 것이다.

한 사람, 여러 아방가르드

그의 전기는 이쯤에서 그만 살펴도 괜찮으리라 생각한다. 더구나 페소아가 시를 통해 우리에게 알려주는 것은 '낮은' 차원이나 사적인 사실보다(물론 이런 것도 있지만) 단순한 개인적 찌꺼기에서 벗어난, 당시의 인간과도 관련된 실존적 상황의 패러다임이었다.

페르난두 페소아는 사무실과 셋방, 시간 엄수와 외로움으로 이루어진 사적인 삶 외에 다른 삶도 살았다. 시간표로 짜인 일과에서 집으로 돌아와 책상용 토시를 벗고 나면 사무원 페르난두는 변신했다. 그리고 포르투갈 아방가르드 운동을 창안했다. 아니, 다수의 아방가르드 운동들이라고 해야 맞다. 1910년부터 1930년까지 이십 년 동안 포르투갈의 문화적 삶에는 그의 흔적이 새겨졌다. 먼저 그는 '파울리즈무' 시인으로 나타났다.(핵심 텍스트로는 「황혼의 인상」 「부조리한 시간」 「내 시골의 종鐘」[39]이 있다.) 문화적 범위가 달라 번역하기 힘들지만 파울리즈무는 분명 후기 상징주의와 아르누보의 친척이다. 어딘가 오르피즘의 연약하고 병적인 것을 강조하는 듯하고, 캄파나,[40] 클림트, 가우디에게 나타나는 유사성을 찾을 수 있다. 하지만 파울리즈무 시인의 역할은 곧바로 그를 피곤하게 만들었다. 1914년 첫번째 다른 이름(알베르투 카에이루)의 여행에서 자기 자신으로 돌아오면서 「사선으로 내리는 비」[41]로 교차주의를 성문화했는데, 그는 당시 효소들로서 기능한 들로네,[42] 미래주의적 분리, 무조성無調性, 시간과 공간에 대한 물리학 이론들을 시로 응결시키는 교차주의 운동의 스승이자 유일한 추종자였다. 변장 충동에 격렬히 사로잡힌 프레골리[43]처럼 사무원 페르난두는 경이로운 재능들의 연쇄로 나타났다. 『오르페우』의 주요 인물이자 『포르투갈 푸투리스타』의 미래주의자 중 한 명이었고, 당시의 문학 관료들에게 최후통첩을 쓰는 감각주의 작가 알바루 드 캄푸스였으며, 미지의 스승이 불러주는 대로 시를 쓰는 자동기

39 「부조리한 시간」은 1916년 4월 『엑실리우』 제1호에 발표되었으며, 「내 시골의 종」은 1914년 2월 『헤나센사*Renascença*』에 발표되었다.

40 Dino Campana(1885~1932). 이탈리아 시인으로 정신병으로 고생했으며 유럽 여러 나라를 방랑하다가 사망했다. 대표적인 시집으로 『오르페우스의 노래들*Canti Orfici*』이 있다.

41 Chuva Oblíqua. 1915년 『오르페우』 제2호에 본명으로 발표된 시.

42 Robert Delaunay(1885~1941). 프랑스 화가로 입체주의와 미래주의에 참여했으며, 오르피즘의 창시자가 되었다.

43 Leopoldo Fregoli(1867~1936). 이탈리아 배우이자 영화감독으로, 특히 무대에서 재빨리 변장하여 다른 인물로 변신하는 기술로 유명했다.

술법의 작가였고, 『아테나』에서 보듯 평온하고 온화한 고전풍 작가이자, 1930년대의 가장 명성 높은 잡지 『프레젠사』로부터 창립자처럼 환영받고 반복해 초대받은 명예로운 손님이었다. 분명히 그 사무원은 언제나 모두를 위한 무엇인가를 갖고 있었고, 그의 풍요로움은 끝이 없었다. 하지만 그의 독백들 위로 이제 막이 내려오고 있었다.

다른 이름들의 은하계

페소아가 제기하는 문제들(의식, 자아, 외로움)의 범위와 그 문제들을 설정하는 방식(다른 이름)만으로도, 그는 충분히 현대시의 핵심 존재이며 20세기에서 빼놓을 수 없는 특이한 인물이다. 하지만 그게 다는 아니다. 단지 자신의 외로움을 표현하기 위해 페소아가 (중요한 인물만 꼽자면) 네 시인을 창조한 것은 아니기 때문이다. 실제로 네 시인은 20세기 사상과 시의 주요 테마들에 대해 각자 나름대로 극적인 방식으로 논쟁했다. 본명의 그는 신비적 시들과 『메시지』에서 보듯 신비주의자이자 비학 추종자였고, 파울리즈무를 해체한 다음 쓴 「사선으로 내리는 비」에서 보듯 교차주의 아방가르드에서 당시 20세기가 발견하고 있던 시간과 공간의 새로운 암시들을 실험하는 미학자이기도 했다. 하지만 또한 전쟁의 고통, 삶이 주는 쓰라림과 자기 인식, 사태에 직면한 인간의 공포와 형이상학적 전율을 보여준 사람이기도 했다. 캄푸스는 모순적이고 열광적이고 폭이 좁은 미래주의자였고, 인식론적 고뇌를 보여주는 자이자, '연결되지 않는 고리'를 찾으며 현실의 끔찍한 '그럴듯함'에 굴복하는 인간이었다. 현상학자 카에이루는 세상에 대한 장엄하면서도 음울한 인식이자 눈이었다. 망명한 군주제 옹호자 헤이스는 고대 로마 시인 호라티우스를 들고 다니며 애독했고, 자신의 기괴한 신고전주의와 함께 이해할 수 없고 변화시킬 수 없는 세상을 모순으로 받아들였다. 그러나 이것은 지극히 빈약한 종합일 뿐이다. 그들은 각자 복합적인 메커니즘과 혼란스럽게 뒤엉킨 심리적 회로들, 다양하고 서로 대립하는 문화적 원형으로 형성된 모순적인 시인들이었고, 모든 사람이 그러하듯 하나의 우주였으니 말이다.

그리고 그런 우주들 옆에 다른 성운 같은 체계들, 그 희미한 빛이 겨우 도달하는 머나먼 별들, 조그마한 위성들, 순식간에 불타버리면서 밤의 어둠 속으로 사라지는 운석들, 단편들이 있다. 그것은 바로 카스카이스[44]의 정신병원에 입원해 있는 철학자로 다른 무엇보다 이교異教에 대한 예시적인 글들을 쓴 안토니우 모라이며, 역설적이고 허무주의적인 사색가이자 「거부의 조약」의 작가인 라파엘 발다야이며, 정의상 '반半 다른 이름semi-heterónimo'이자 이발소에서 우주를 노래하는 『불안의 책*Livro do Desassossego*』이라는 탁월한 잡기雜記의 저자인 베르나르두 소아르스다. 그리고 그들과 함께 다른 불분명한 인물들이 있다. 비평계에서는 그들을 '하위의 다른 이름'이라고 부르는데, 이는 복잡한 작품 세계에 직면한 해석자들의 노고를 당혹스럽게 드러내는 용어다. 마치 거기에서 벗어나기 위해서는 계보와 종류, 하위 종류들의 범주를 만들어낼

44 리스본 서쪽으로 30킬로미터 정도 거리에 있는, 포르투갈 중서부 대서양 해변의 도시.

필요가 있는 자연의 어떤 체계처럼 말이다. 수수께끼 애호가로 『타임스』의 낱말맞히기 대회에 참가하기 위해 살았던 A. A. 크로스, 문인이자 비평가로 아주 탁월한, 히카르두 헤이스의 사촌 프레데리쿠 헤이스, 철학과 비학에 관한 글들과 영어로 된 단편소설 몇 편을 썼으며, 트렁크에 있던 서류들 사이에 사탄과의 계약서도 갖고 있던 알렉산더 서치, 자동기술법의 전통에 따라 썼으며 지금까지 단 한 편만 알려진 시의 저자 C. 파셰쿠도 그렇다. 이외에도 찰스 로버트 아논, 비센트 게데스, 아빌리우 쿠아레즈마, 바랑 드 테이브…… 등이 있다. 그들은 이름만 있거나, 서명이 빠져 있거나, 표면상으로만 남아 있다. 여기에서 다른 이름은 정말로 방향감각을 상실하거나 아니면 의식을 잃을 수도 있는 은하계가 된다. 여기에서 의심할 바 없이 페소아는 '바로 다른 이름이다.' 단지 문학적 장치라고 말하는 것으로도 충분하겠지만 이것도 하나의 추정일 뿐이다.

언제나 한 가지가 빠져 있다

그리고 앞에서 말했듯 각 다른 이름이 하나의 단일한 시의 한 장章, 삶의 한 순간이라고 말하는 것은(이런 논의는 최소한 당분간은 단지 주요한 다른 이름들에만 타당할 뿐이므로) 부분적으로만 들어맞는 말이다. 왜냐하면 페소아의 시는 공시적 차원에서 실현되고, 모든 것이 동시에 일어나며, 시간이 녹아내리는 것처럼 보이기 때문이다. 실제로 페소아가 카에이루에게 믿을 만한 겉모습의 객관적 현실 묘사를 요구했을 때 캄푸스는 '이미' 겉모습들에 몰입했고 그 그럴듯함에 굴복했으며, 헤이스는 '이미' 에피쿠로스처럼 현실이 자신에게 제공하는 것에 만족했으며, 본명의 페소아는 '이미' 그 똑같은 현실에서 도피하여 다른 곳에서 해답과 근거를 찾았다. (알바루 드 캄푸스는 상대성이론을 자신의 '비非아리스토텔레스 미학'과 비교했는데) 아인슈타인의 상대성이론에서 말하는 관성적 관찰자와 비슷하게, 페소아는 자기 삶의 관성적 관찰자가 되었다. 자신의 통시태를 공시적으로 살았던 것이다. 그는 자신의 모든 삶을 '언제나 또 순식간에' 살았다는 말과 같다.

하지만 하나의 삶 속에 얼마나 많은 삶이 들어 있는가? 어느 한 인물의 삶을 서로 다른 시기에 그려진 초상화들을 통해 살펴보자. 당혹감에서 나온 전율이 느껴지지 않는가? 그것은 여러 시간으로 분할된 똑같은 인물인가, 아니면 여러 인물로 분할된 시간인가? 혹시 아이였을 때와 똑같은 얼굴로 늙어가는 사람도 두려움을 불러일으키진 않는가? 그리고 하나의 삶은 얼마 동안 지속되는가? 호적부가 옳은가, 아니면 『천일야화』에 나오는 유리병 속 정령 진이 옳은가?

"수많은 세월, 그리고 단지 현재에만 사건들이 일어난다. 허공 속, 땅 위, 바다 위 헤아릴 수 없는 사람들, 그리고 실제로 일어나는 모든 일이 나에게 일어난다……" 존재의 단일성, 보르헤스의 등장인물이 「두 갈래로 갈라지는 오솔길들의 정원」에서 쓸쓸하게 성찰하는 '지금 이 자리hic et nunc'의 강요된 거주를 페소아는 수많은 다른 사람, 가능한 한 동시에 많은 다른 사람이 됨으로써 피했다. 그것은 오만한 불경죄로 만약 그리스 신들이 보았다면 그를 엄한 형벌로 다스렸을 것이다. 단테도 이토록 엄청난 모욕에 합당한 콘트라파소[45]를 고안해냈을 것이다. 하지만 페소아는 자신이 도전한 신성에 대한 분노를 분명히 피해가지 못했으며, 자신에게 합당한 형벌을 찾는 데 종교적 체계도 필요로 하지 않았다. 죄를 짓는 동안, 자신에게 허용되지 않은 존재가 되어 있는 동안, 그는 "언제나 한 가지, 잔 하나, 미풍 하나, 문장 하나가 빠져 있고, / 삶은 즐기는 만큼 또 고안해내는 만큼 고통스럽다"[46]라는 것을 명석하고 완벽하게 알고 있었다.

45 contrappasso. 단테가 『신곡』에서 사용한 용어로 굳이 번역하자면 '인과응보' 정도가 될 것이다. 죄의 성격이나 양상에 상응하는 형벌을 가리킨다.
46 "falta sempre uma coisa, um copo, uma brisa, uma frase, / e a vida dói quanto mais se goza e quanto mais se inventa"; 1916년 알바루 드 캄푸스의 이름으로 쓴 시 「시간의 흐름」에 나오는 구절.

하나의 삶, 여러 개의 삶

페르난두 페소아

Fernando Pessoa

페르난두 안토니우 노게이라 페소아는 1888년 6월 13일 리스본에서 마달레나 피녜이루 노게이라와 지역 신문의 음악 비평가였던 조아킹 드 세아브라 페소아 사이에서 태어났다. 1893년 결핵에 걸린 아버지가 사망했고, 이듬해에는 페르난두의 막내 남동생이 사망했다. 바로 그해에 최초의 환상적 인물 슈발리에 드파가 나타났고, 그를 통해 페르난두는 "자기 자신에게 편지를 썼다."(다른 이름에 대해 카사이스 몬테이루에게 쓴 159쪽 편지 참조.) 1895년 어머니는 더반 주재 포르투갈 영사였던 장교 주앙 미겔 호자와 재혼했고, 새 가족은 남아프리카공화국으로 이사했다. 그곳에서 교육과정을 마친 페르난두는 케이프타운 대학입학시험에서 퀸빅토리아메모리얼 상을 받았다. 하지만 조국에서 학업을 계속하기로 결정하고, 1905년 리스본으로 돌아와 리스본 대학 문학부에 등록했다. 학업을 중단한 뒤 할머니의 유산을 인쇄소에 투자하여 출판업을 시작했으나 실패했다. 리스본의 수출입 회사 몇 곳에 상업통신문 번역가로 고용되었고, 한 아주머니의 집으로 이사하여 그곳에서 오래 살았다.

1913년 테이셰이라 드 파스코앙이스의 향수주의를 경험한 다음 '파울리즈무'를 창시했고, 즉각 동세대 시인들 사이에서 열광적인 추종자들이 나타났다.

1914년 3월 8일 알베르투 카에이루가 나타났다. 그리고 뒤이어 히카르두 헤이스와 알바루 드 캄푸스가 나타났다.

1915년 마리우 드 사카르네이루와 (알마다 네그레이루스와 아르만두 세자르 코르트스호드리게스가 포함된) 다른 친구들과 함께 미래주의, 파울리즈무, 입체주의의 경험을 담은 아방가르드 잡지 『오르페우』를 창간했다. 이 잡지는 포르투갈 문학계에 짧지만 폭넓은 논쟁을 유발한 다음 제3호로 끝났다. 그동안 그는 리드비터의 신지학 논문을 번역한 뒤 비학과 신지학 분야(장미십자회, 블레이크, 스베덴보리)[1]에 뛰어들었으며, 이는 이후 본명으로 쓴 작품에 많은 영향을 주었다. 1916년 사카르네이루가 파리로 떠났다. 페소아는 그에게 리스본에서 점성술을 해보고 싶다는 편지를 썼다. 그동안 영매 실험을 시작했고 자신에게 미지의 스승의 존재를 확인해주는 '영체와 영기'의 환시를 보았다고 말했다. 사카르네이루가 파리의 작은 호텔에서 연미복을 입은 채 스트리크닌을 먹고 자살했을 때, 페소아는 음독하기 몇 시간 전 그의 자살을 "멀리에서 느꼈다"라고 썼다.

1 찰스 리드비터(1854~1934)는 신지학 창시자인 러시아의 블라바츠키 여사가 죽고 그 뒤를 이어 학회를 이끌며 이론을 정립하고 여러 저술을 쓴 영국의 성직자이고, 장미십자회는 17세기 초 독일에서 나타나 유럽에서 활동한 신비주의적 비밀결사대이며, 윌리엄 블레이크(1757~1827)는 영국 시인이자 화가로 비학과 신비사상에 몰두했고, 에마누엘 스베덴보리(1688~1772)는 스웨덴 출신 과학자이자 철학자이며 동시에 신비사상가였다.

1920년 그의 삶에서 유일한 애정 모험이 시작되었다. 사랑하는 여인 오펠리아 케이로스는 페소아가 일하는 수출입 회사 한 곳의 사무원이었다. 그녀에게 혼란스러우면서 천재적이고, 냉소적이면서 괴로움으로 차 있고, 모호하면서 무방비로 솔직한 편지들을 썼다. 관계는 몇 년 동안 중단되었다가 1929년에 결정적으로 끝났다.

1926년 군사 쿠데타로 의회 민주주의가 끝났다. 리스본 신문과의 인터뷰에서 페소아는 제5제국에 관한 자신의 이론을 설명하기 시작했다. 그동안 양차대전 사이의 포르투갈에서 가장 저명한 문학지였던 코임브라의 『프레젠사』가 그에게 명예시민증을 수여했고 그를 스승으로 환영했다.

1934년 『메시지』를 출판했는데, 이는 그가 생전에 출판한 유일한 포르투갈어 시집이다. 민족선전서기국에서 세계 속 포르투갈의 팽창을 주제로 상금을 내건 대회에 출품하기 위해 자비 출판한 소책자였던[2] 이 책으로 그는 이등상을 탔고, 사제 바스쿠 헤이스가 『순례*A Romaria*』로 일등상을 받았다.

1935년 11월 30일 리스본의 상루이스두스프란세즈스 병원에서 알코올 남용이 원인이었으리라 추측되는 간 질환으로 사망했다.

1942년 리스본의 아티카 출판사에서 페소아 본명으로 낸 첫번째 시집을 필두로 『전집*Obras Completas*』이 출판되기 시작했다.

2 포르투갈의 민족선전서기국은 1934년 민족주의 성격의 시 경연대회를 개최했고 『메시지』는 거기에 참가하기 위한 작품이었다.

알베르투 카에이루

Alberto Caeiro

페르난두 페소아와 알바루 드 캄푸스의 스승인 알베르투 카에이루 다 실바는 1889년에 태어났고, 1915년 페소아의 아버지처럼 결핵으로 사망했다. 그는 리스본에서 태어났지만 시골 사람이었다. 허약한 체질 때문에 짧은 인생 내내 중부 내륙 히바테주의 어느 마을에 있는 늙은 고모할머니 집에 은거하여 살았기 때문이다. 그는 실제로 『양들의 보호자』에 있는 단시들에서 『사랑의 목자』[3]에 있는 짧은 '일기'에 이르기까지 모든 작품을 그 시골에서 썼다. 그러다가 사망할 무렵에야 리스본으로 돌아왔다. 그리고 거기에서 마지막 시들을 썼고, 페소아는 캄푸스의 제안에 따라 '흩어진 시들'이라는 제목을 붙였다.

이 외롭고 회피적이며 신중하고 관조적인 사람, 모든 소란과 모든 논쟁에서 멀리 떨어져 있고, 애정이나 감성적 유대와는 거리가 먼 사람의 일생에 대해서는 별로 말할 것이 없다. 더구나 ("만약 내가 죽은 뒤에 너희들이 내 전기를 쓰려 한다면,/이보다 간단한 일도 없을 것이다./단지 날짜 두 개, 내 출생일과 사망일만 적으면 될 테니./그 두 날짜 사이에 있는 모든 날은 내 것이다"라고 『흩어진 시들』 안 어느 시에서 썼듯) 자신의 사생활을 지키려는 경계심에는, 별로 중요하지 않겠지만 어쨌든 의미 있는 사실들, 가장 단조롭고 무미건조한 존

3 『양들의 보호자*O Guardador de Rebanhos*』는 시 마흔아홉 편으로 구성되어 있는데 그중 일부는 『아테나』와 『프레젠사』에 발표되었다. 『사랑의 목자*O Pastor Amoroso*』는 시 여덟 편으로 구성되어 있다.

재에게도 일어나는 사실들이 감춰져 있을 것이다. 페소아는 약간은 성급한 일반화와 함께 카에이루를 "옅은 금발에 푸른 눈을 가진 중키의" 남자로 묘사했다. 하지만 그를 더 사랑하고 그와 더 가까이 있었던 알바루 드 캄푸스는 다행히 더 많은 소식을 전해준다. 캄푸스는 카에이루의 사촌과 사업상 관계를 맺고 있던 상인 사촌 덕택에 히바테주에서 산책하다가 우연히 그를 알게 되었다. 분명 자기 작품에 강한 영향을 주었을 그 우연한 만남에 대해 캄푸스는 감동적이고 기억할 만한 묘사를 남겼는데, 거기에는 카에이루가 사적인 자기 제자들한테 남긴 가장 멋진 '인터뷰'인 대화도 포함된다.

알바루 드 캄푸스

Álvaro de Campos

알바루 드 캄푸스는 1890년 10월 15일 포르투갈 알가르베의 타비라에서 태어나, 스코틀랜드 글래스고에서 조선공학 학위를 받았다. 하지만 전공과 관련된 일은 하지 않은 채 줄곧 리스본에 살았다. 초기 교육은 라틴어를 가르쳐준 포르투갈 중북부 베이라의 성직자 아저씨에게 받았다. 1914년 초에 그는 바닷길을 통해 동방으로 긴 여행을 했고 이때 「아편 판매소」[4]가 탄생했는데, 이는 오스카 와일드와 쥘 라포르그처럼 의도적으로 '경박하고' 댄디 같은, 아이러니에 젖은 누보로망 주제들(대양횡단 기선, 아편, 비학)을 담은 단시로, 나중에야 출판되었다. 하지만 몇 달 뒤인 1914년 6월에 캄푸스는 현실

4 1915년 『오르페우』 제1호에 발표된 시.

의 끊임없는 움직임을 엄숙하고 활력 있게 찬양하는 「승리의 송시」를 썼고, 1915년 『오르페우』 제1호에 실린 그 시는 포르투갈 모더니즘에서 선언문 역할을 했다. 리스본에 정착한 캄푸스는 실제로 포르투갈 초기 아방가르드의 창안자이자 선도자가 되었다. 한쪽으로 가르마를 탄 검고 매끄러운 머리칼에 키 크고 흠잡을 데 없으며 약간은 속물적이고 외알안경을 쓴 캄푸스는, 부르주아적이면서 동시에 반부르주아적이고 세련되고 도발적이고 충동적이고 신경질적이고 편협한 당시 아방가르드주의자의 전형적인 모습이었다. 1917년 『포르투갈 푸투리스타』에 당시 문학 관료들을 향해 쓴 시 「최후통첩」은 그런 태도를 보여주는 전매특허였다. 하지만 캄푸스 같은 아방가르드주의자들에게도 시절은 어려워지고 있었다. 세계대전이 그랑부르주아의 아방가르드보다 훨씬 효율적으로 유럽을 휩쓸어 가치들과 확실성을 사라지게 하고 말았다. 캄푸스의 시는 영웅적인 광기의 충동을 상실하고 실존적인 것에서 존재론적인 것으로 바뀌는 절망을 아이러니와 냉소주의로 승화시켰다. 프루스트 같은 내면 성찰은 지드를 거쳐, 피란델로와 피란델로주의를 거쳐, 제2차 포르투갈 아방가르드의 자양분이 되었는데, 바로 캄푸스가 허무주의와 부재의 시 「약속」(1929), 「생일」(1930), 「담배 가게」(1933)를 통해 신중하고 사려깊게 참여한 『프레젠사』의 아방가르드가 그것이다. 그는 페소아가 사망한 날짜인 1935년 11월 30일에 사망했다.

군주제 사상을 견지했기에, 포르투갈 제1공화국이 성립된 후 1919년 브라질로 망명한 히카르두 헤이스 역시 1935년 11월 30일 그곳에서 사망했다. 그는 1887년 9월 19일 포르투갈 북부 포르투에서 태어나 예수회 기숙학교에서 교육받았다. 의사였지만 생계를 위해 실제로 의사로 일했는지는 알려진 바가 없다. 의사라는 직업은, 그저 고전주의와 헬레니즘에 젖어 있고 호라티우스의 풍자시를 애독서로 들고 있는 감각론자이자 유물론자였던 그 인물의 윤곽을 완성하는 데에나 유용할지 모른다. 하지만 그의 유물론은 카에이루와 캄푸스와는 전혀 다른 문화적 계열로, 월터 페이터[5] 같은 교양 있고 세련된 신이교주의, 19세기 말 일부 앵글로색슨 자연주의자들과 과학자들을 매료시킨 추상적이고 간접적인 고전주의에 속한다. 헤이스가 예술을 놓고 캄푸스와 뜨거운 논쟁을 벌이고 카에이루의 『시집』에 대하여 상당히 부정적인 서평을 쓴 것은 우연이 아니다. 캄푸스의 요란하고 폭넓은 반발이 영웅적 체념과 회의론에 갇혀 있는, 그 불분명하고 방부 처리된 것 같은 세상을, 헤이스는 호라티우스 찬가의 기하학적 구조로 정제했다. 그것은 알차토[6]의 표장標章이 될 만한 상징적인 체스판을 옆구리에 낀 망명 의사가 자신에게 어울리지 않았던 시대 속에서 인위적으로 세운, '질서'의 문체적 봉인이다.

5 Walter Pater(1839~1894). 영국의 문학가이자 평론가로 허무주의적 심미주의를 역설했다.
6 Andrea Alciato(1492~1550). 이탈리아 법학자이며 교육자로 표장에 대한 고전적인 저술 『엠블레마타*Emblemata*』를 남겼다.

프레데리쿠 헤이스

Frederico Reis

프레데리쿠보다 더 유명한 히카르두 헤이스의 사촌이다. 스스로 "슬픈 에피쿠로스주의자의 작품"이라고 정의한 히카르두의 시에 대해 포르투갈어로 쓴 유일한 비평 하나를 남겼다.

알렉산더 서치

Alexander Search

앵글로색슨 계열에다 수수께끼 같은 흥미로운 이름, 그리고 페소아가 더반에서 중등학교에 다니던 1899년부터 그와 편지를 주고받았다는 사실로 보면, 알렉산더 서치는 남아프리카공화국 사람이거나 남아프리카공화국에 거주하는 영국인이라고 추정해볼 수 있다. 그러나 페소아의 자필 카드를 보면, 알렉산더 서치는 1888년 6월 13일 리스본에서 태어났다. 그리고 실제로 그는 삶의 일정 기간을 리스본에서 살았다. 페르난두가 포르투갈 수도에 있는 그의 거주지로서 ('포르투갈 리스본 글로리아 거리 4번지 알렉산더 서치 귀하'라고) 써놓은 편지 봉투가, 그러니까 페소아도 일정 기간 동안 거주했던 '글로리아 거리 4번지'로 우표를 붙여 보낸 봉투가 남아 있기 때문이다.

그의 글 중에서 지금까지 출판된 것은 영어로 쓴 글 몇 편에 불과한데, 1907년 10월 2일 날짜가 적힌 사탄과의 협정이 눈에 띈다. 최근에는 「아주 독창적인 저녁식사」라는 제목의 단편도 출판되었다.

페소아의 자필 기록에 의하면, 알렉산더 서치는 트렁크에서 나오기를 고대할 만한 흥미로운 글 다섯 편을 썼다고 한다.「포르투갈의 국왕 살해와 포르투갈의 정치 상황」「합리주의 철학」「예수의 정신질환」「정신착란」「고뇌」가 그것이다.

찰스 서치

Charles Search

알렉산더의 형 찰스 제임스 서치는 1886년 4월 18일 리스본에서 태어났다. 그의 역할은 영어 번역가로서만 한정되어 있었다(또는 그래야 했다). 하지만 그 흔적은 남아 있지 않다.

페소아가 쓴 카드에 따르면, 찰스 서치는 지나치게 심오한 비평 분석으로 들어가지는 않으면서 엄격하게 자기 번역에 서문을 쓸 수 있었던 사람이다.

베르나르두 소아르스

Bernardo Soares

'리스본의 보조 회계사' 베르나르두 소아르스는 하급 사무원으로 초라한 삶을 모두 리스본에서 보냈다. 호시우 광장과 테주 강 사이에 자리한 리스본 상업지구인 바이샤 지구, 그러니까 시인이 일하던 수출입 회사들도 있는 그 구역 셋방에서, 그는 혼자 살았다.

페소아는 단골로 다니던 어느 소박한 식당에서 그를 알게 되었는데, 바로 그곳 어느 테이블에서 그가 자신을 작가 소아르스라고 밝히면서 페소아에게 자기가 쓴 『불안의 책』을 읽어보라며 건네주었던 것이다. 일기, 인상, 묘사, 내면 기록, 이야기로 가득한 대단히 잡다한 기록물인 『불안의 책』은 한 영혼이 써내려간 일기이자 독특한 앙티로망이다.

바랑 드 테이브

Barão de Teive

"우리보다 미치광이들이 더 많이 내보이는 확실함에 대한 성찰을 나는 테이브에게 넘긴다." 그러니까 이 말은 테이브 남작이, "지성적이고, 뭐랄까, 약간 헐벗고 거칠고 간략한" 문체로 쓴 얼마 안 되는 단편들과 트렁크 속 종이들 사이에서 최근에 발견된 교육 계획(「스토아주의자의 교육」)을 쓴 이 저자가 미친 사람이었다는 말일까? 페소아는 그를 어디서 알게 되었을까? 혹시 안토니우 모라가 입원해 있던 카스카이스의 정신병원에서 만났던 걸까?

안토니우 모라

António Mora

포르투갈 신이교주의의 주요 저술이 되었을 「신들의 귀환」을 쓴 철학자 안토니우 모라는 사실 카스카이스의 정신병원에서 삶을 마감했다. 페소아 연구자 자신투 두 코엘류[7]는 최근 트렁크에서 발견한 「카스카이스 정신병원에서」라는 제목의 놀라운 원고에 대해 알려주었는데, (아마 페소아 자신이었을) 한 방문객이 입원 환자 안토니우 모라가 병원 정원에

7 Jacinto de Almeida do Prado Coelho(1920~1984). 1982년 『불안의 책』 첫 편집본을 엮어낸 포르투갈의 비평가로, 특히 페소아에 대한 탁월한 연구로 널리 알려져 있다.

서 산책하는 모습을 묘사한 글이다. 키가 크고 당당한 태도, 생생하고 오만한 시선, 새하얀 수염에 로마식 토가를 입은 안토니우 모라는 아이스킬로스의 비극 『결박당한 프로메테우스』에 나오는 프로메테우스의 탄식 서두 부분을 낭송하고 있다. 노인의 당당한 모습에 강렬한 인상을 받은 방문객은 함께 있던 가마 박사에게 그를 소개해달라고 부탁한다. 이에 걸맞게 짐작해본다면, 만약 그 방문객이 페르난두 페소아였다면, 페소아는 안토니우 모라가 이미 치유할 수 없는 늙은 미치광이("간헐적 신경증을 일으키는 과대망상증 환자")였던 상황에서 그를 알게 되었다는 말이고, 그때서야 그의 철학적 글들을 소유하게 되었다는 말이다.

라파엘 발다야

Rafael Baldaya

자신이 "헤르메스주의[8]의 민주화, 그리스도교화"라고 정의한 신지학에 반대하는 '진정한 비학'의 이름으로 말한다고 주장하는 「비학적 형이상학의 원리」와 「거부의 조약」을 쓴 발다야는 1915년부터 페소아와 친교를 맺었다. 시인이 마리우 드 사카르네이루에게 그해에 보낸 편지에서 이 사실을 추정할 수 있다. 트렁크에서 발견된 인쇄된 명함은 그의 약간 특이한 직업에 대한 귀중한 정보를 제공한다. '라파엘 발다야/리스본의 점성술가.' 나아가 사카르네이루와의 편지에서 드러나듯, 페르난두도 리스본에서 가져보려고 꿈꾸던 직업이다.

8 그리스 신 헤르메스와 이집트 신 토트가 결합된 존재인 '헤르메스 트리스메기스투스' 즉 '세 배로 위대한 헤르메스'의 저술들을 토대로 한 신비주의적 자연관에서 나온 비교적이고 철학적인 전통.

찰스 로버트 아논

Charles Robert Anon

찰스 로버트 아논의 출생 날짜와 장소는 아직도 알려지지 않았는데, 그는 1904년 날짜가 적힌 영어 소네트 한 편, 꼼꼼하게 편집되고 마찬가지로 영어로 쓴 문학 계획, 말미에 '아논'이라는 서명이 있는 희극 『마리누*Marino*』의 저자다. 지금까지 아논의 철학적 명상 다섯 편이 출판되었는데, 아포리즘과 메모(텐Taine, 쇼펜하우어, 심리적 자동기술법) 사이의 이 글들은 저자에 대한 완벽한 관념을 부여하기에 충분하다. 트렁크의 종이들 중에 습작 용지가 분명한 한 원고에는 자신의 개성을 찾으려는 것처럼 불분명한 서체로 편지의 정중한 문구 '더없이 진실한, 아논Yours very true, Anon'이 여러 번에 걸쳐 적혀 있다. 찰스 로버트 아논은 정말로 '진실true'이 될 수 있었을까? 만약 그럴 경우 그는 어떤 삶을 살았을까? 누구에게 편지를 썼을까?

A. A. 크로스

A. A. Crosse

지나치게 암시적인 이름을 가진 이 수수께끼 같은 사람에 대해 우리가 아는 바라곤 오직 그가 『타임스』의 십자말풀이와 낱말맞히기 대회에 참가하기 위해 살았다는 것뿐이다. 그는 페소아와 깊은 우정을 나누었고, 만약 큰 상금을 받게 된다면 페소아가 결혼에 필요한 가구들을 살 수 있도록 그에게 돈을 보탤 것이라고 했다.(페소아가 연인에게 보낸 편지에서 알 수 있다.) 하지만 상금을 받은 적은 한 번도 없다.

토머스 크로스

Thomas Crosse

이 미지의 신사는 메시아적 색채를 띤 특정한 포르투갈 문화에 관한 주제와 시기들을 다룬 글(「발견들의 기원The Origin of Discoveries」 「세바스티앙 왕의 신화The Myth of King Sebastian」 「귀환할 왕들Kings that will Return」) 이외에, 여러 포르투갈 감각주의 시인들을 번역하여 영국 대중에게 소개하고자 했다. 그러한 계획의 일환인 원고 하나가 페소아의 트렁크에 남아 있다.

장 쇨

Jean Seul

페소아가 직접 쓴 카드에 따르면 전체 이름이 장 쇨 드멜뤼레라고 하는 이 인물은 1885년에 태어났다. 그가 사용한 (또는 사용해야 했던) 필명은 크로스의 이름처럼 완전히 하나의 운명이었다. 트렁크에는 1931년에서 1935년 사이의 날짜가 적힌 종이에 수많은 프랑스어 시들이 편집되지 않은 채 남아 있다. 하지만 서명이 없기 때문에 쇨이 쓴 작품으로 보는 것은 문헌학적으로 옳지 않다. 비록 이 견해에 강력히 끌린다 할지라도 말이다. 확실한 그의 서명이 있는 유일한 글은 문학 계획인데, 종이 한 장에 다음과 같은 제목들만 적혀 있다. 「노출증 환자들에 대해Des Cas d'Exhibitionnisme」 「1950년의 프랑스: 풍자La France en 1950: Satire」 「기둥서방들Messieurs les Souteneurs」.

아빌리우 쿠아레즈마

Abílio Quaresma

"나는 쿠아레즈마의 진정한 친구였다. 그에 대한 기억으로 나는 정말 괴롭다." 최근에야 출판된 「쿠아레즈마에 관한 서문」이라는 제목의 메모에서, 페소아는 사설탐정이자 주인공이기도 한 추리소설 작가 아빌리우 페레이라 쿠아레즈마에 대해 그렇게 말한다. 오귀스트 뒤팽이나 네로 울프처럼[9] 현장을 직접 관찰하는 것은 사건 해결에 방해가 된다고 생각하여 멀리에서 사건을 해결하는 이 반실증주의 철학자 탐정에 대해 우리는 다른 것은 모른다. 섬세하고 소심하고 사소하고 광적일 정도로 규칙을 준수하며 현실을 '보지 않고' 재구성하는 이 사람이, 페소아와 단순한 친밀함 이상을 보였음은 분명하다. 시인이 그에게 느낀 우정은 아마 바로 그 때문이었을 것이다.

플라투스 보키스[10]

Flatus Vocis

편집되지 않은 수많은 편지와 자신이 본 영체와 영기의 환시들에 대한 묘사 계획을 트렁크에 남긴 판탈레앙Pantaleão은 누구였는가?(혹시 정말로 쓰지 않았을까?) 최근에야 출판

9 오귀스트 뒤팽은 에드거 앨런 포의 추리소설에 나오는 탐정이고, 네로 울프는 렉스 스타우트(Rex Stout, 1886~1975)의 추리소설에 나오는 탐정이다.
10 '목소리의 발산'을 의미하는 라틴어. 중세 유명론의 대표자인 로스켈리누스(Roscellinus, 1050?~1125?)의 표현으로 간주되는데, 보편적 개념이란 어떤 객관적 현실도 없는 단순한 이름, 즉 '목소리의 발산'에 불과하다는 것이다. 여기서 타부키는 이 표현에 빗대어 페소아의 여러 다른 이름을 호명하고 있다.

된 「시간의 승리자」라는 제목의 철학적 단편을 쓴 페루 보텔류Pero Botelho는 누구였는가? 자동기술법의 영향을 받아 긴 시를 쓴 C. 파셰쿠는 누구였는가? 그리고 시저 시크Caesar Seek는? 나보스 박사Dr. Nabos는? 퍼디난드 서맨Ferdinand Summan은? 제이콥 사탄Jacob Satan은? 에라스무스Erasmus는? 미스터 데어Mister Dare는? 몬탈레의 카프 씨[11]처럼 비현실적인 이름의 이 인물들은 누구였는가? 트렁크의 어둠 속에서 삶으로 옮겨지기를 기다리는 인물들인가, 아니면 수첩 안에 사로잡힌 단순한 이름들, 상실된 서명들, 20세기 문학에서 가장 환상적인 호적부의 엑토플라즘[12]들인가?

11 몬탈레의 시집 『사투라*Satura*』에 실린 시 「너는 종종(나는 이따금) 카프 씨를 기억했지」에서 언급된 인물이다.

12 심령 현상에서, 영매의 몸에서 나온다고 하는 가상의 물질.

알바루 드 캄푸스—형이상학적 공학자

1. 큰 키에 세련되고 외알안경을 낀 채 한쪽으로 가르마를 탄 영국계 공학자로, 글래스고에서 학위를 받은 뒤 리스본에서 게으른 댄디로 살았던 알바루 드 캄푸스, 그는 페소아의 허구적 인물들 가운데 가장 현실적인 삶을 살았던 자다.

그의 형제들은 시간을 초월한 삶, 페소아의 머릿속에서 즉각적이고 총체적으로 전개된 공시적인 삶을 살았던 반면, 캄푸스는 인간의 통시성을 선물로 받았다. 말하자면 여행도 했고, 사랑도 알았고, 공적인 삶에 참여하기도 했고, 오만한 선언서인 「최후통첩」(1915)과 「도덕을 위한 경고」(1923)로 인해 기소될 위험도 겪었고, 증오도 했고, 논쟁도 했고, 광폭한 시들인 「승리의 송시」 「바다의 송시」로 구체화된 단명한 운동들을 주창했고, 마지막으로 아이러니하게 숨기려 했던 형이상학적 고뇌와 함께 살아가기로 품위 있게 체념하고 (페소아보다 두 살 더 많은)[1] 마흔아홉 살 나이로 자신의 창조자와 함께 1935년 11월 30일 사망했다.

그의 작품은 일종의 전기이기도 해서, 그를 이해하기 위해서는 작품을 전기로서 읽어볼 필요가 있다. 하지만 그의

1 전기에 따르면 캄푸스는 1890년 출생했고, 페소아는 1888년 출생했으므로, 페소아가 두 살 더 많다.

'현존'도 현실적 삶의 치밀함을 갖고 있다. 심리적 동기에 있어서도 캄푸스라는 창조물은 우리를 놀라게 하고 헷갈리게 한다. 왜냐하면 허구인 모든 다른 이름 중에서 그의 삶이 자기 창조자의 실제 삶과 가장 많이 엮였으며, 때로는 상호참조, 관계, 대체, 역할 바꾸기라는 방책을 써서 창조자와 서로 중첩되기도 한 인물이었기 때문이다. 예를 들어 페소아의 사적 편지들을 통해 최근 알려진 바에 따르면, 캄푸스는 오만하게도 페소아와 오펠리아 케이로스의 관계에 개입했고, 이것이 약혼을 깨뜨린 원인은 아닐지라도 어떤 면에서는 수단이 되었다. 반복된 '방해' 후에 그는 오펠리아에게 편지를 썼고(1929년 9월 25일자 편지), 비록 농담을 섞어 말했지만 이제 더이상 페르난두는 생각하지 말라고 설득했던 것이다.

조르즈 드 세나[2]가 제시한 완벽하게 칭찬할 만한 가설, 즉 캄푸스는 동성애자였기 때문에 페소아가 방해 요소로 선택했다는 가설[3]에서 합당한 결론을 이끌어낸다면, 사랑 문제에서 그의 역할은 더더욱 야릇해진다. 왜냐하면 비록 특이한 방식이긴 하지만 고전적인 삼각관계에서 보더라도 그는 제삼자이기 때문이다. 더구나 오펠리아 케이로스는 특유의 감수성과 지성으로 처음부터 캄푸스에게서 적대적인 기운을 직감했고, 드러내놓고 그에게 반감을 표하기도 했다. "나한테 편지 쓸 때에는 당신 친구 알바루 드 캄푸스가 당신 옆에 있

2 Jorge de Sena(1919~1978). 포르투갈 작가로 살라자르 독재정권의 박해를 피해 1959년 브라질로 망명했다가, 브라질 군사독재정권 때문에 미국으로 망명해 죽기 전까지 산타바바라 대학에서 문학을 가르쳤다.

3 Jorge de Sena, *Fernando Pessoa & Cª Heterónima*, Lisboa: Edições 70, 1981, vol. II, p. 177. [원주]

게 하지 마세요. 알겠지요? 내 말 들어요, 그를 인도로 보내 버려요……"[4]

여기까지는 아직 이것을 페소아의 연극 같은 태도, 우리로서는 그 한계를 알 수 없는 모호하고 의심스러운 게임으로 생각할 수 있을 것이다. 하지만 페소아는 캄푸스와 심각하게 위험한 게임을 했다.

1920년 10월 15일자 편지에서 페르난두는 오펠리아에게 무엇보다 정부가 방금 승인한 법령, 즉 국가 비용으로 정신질환자들을 치료하도록 허용하는 법령을 이용하여 정신병원에 입원하고 싶다는 뜻을 밝혔다. 그의 '질병'이 무엇이었는지 정확하게 말할 수는 없다. 페소아의 말은 모호하며 제대로 감추지 못한 고뇌를 담고 있다. 그렇지만 허구들과 대체들로 이뤄져 있고 마침내 결말에 다다른 그 이상한 사랑[5]을 자세히 추적해보면, 그 위험한 게임이 게임을 하고 있던 자의 손을 붙잡아버렸다고 생각하는 편이 적절할 것 같다. 아마 캄푸스는 어느 순간 자기 삶을 요구하고 자기 주인을 대신하려 하면서 '정말로' 자기 존재를 주장하기 시작했을 것이다. 그리고 페르난두는 바로 그런 '저주'에 위협을 느꼈던 것 같다. 그 이후로는 대체가 나타나지 않았다. 페소아는 우리에게 다른 자

4 날짜가 없는 오펠리아의 이 편지는 다음 도서에 사진으로 게재되었다. Maria José de Lancastre, *Fernando Pessoa. Uma fotobiografia*, Lisboa: Impresa Nacional, 1981, p. 211. [원주]

5 두 사람의 절교는 다음과 같은 말로 끝나는 1920년 11월 29일자 페소아의 편지로 확인된다. "내 운명은, 귀여운 오펠리아는 그 존재를 모르는 다른 '법칙'에 속하고, 또한 용서하지 않고 허용하지 않는 '스승들'에게 점점 더 복종하고 종속되게 되었어요."(*Cartas de amor de Fernando Pessoa*, Lisboa: Ática, 1982, p. 133) [원주]

료를 남기지 않았지만, 어쨌든 창조자는 자기 창조물을 통제할 수 있었고, 긴장감은 상호존경에 기반을 둔 공존으로 진정되었으며, 캄푸스는 체념하고 캄푸스로, 아방가르드 시인으로, 리스본에 사는 글래스고 출신의 환상적 공학자로 남았다.

2. 캄푸스는 남부 사람이었다. 알가르베 지방 해안에 있는 그의 고향 타비라는, 하얀 회벽 집들이 가득한 입체주의 그림 같은 곳이고, 시칠리아나 그리스 바닷가에 솟은 마을 같다.

(페소아가 세파르디, 즉 스페인·포르투갈계 유대인의 모습이었다고 밝힌) 신체적 특징들 외에 그는 남부 사람의 기질과 취향, 즉 충동, 열정, 열광과 그에 따른 실망과 회의도 갖고 있었다. 그는 그것들과 자기 자신 때문에 고통스럽다는 것을 알고 있었다. 그럼에도 자신의 고통을 명석하고 냉정하게 인지하며 때로는 냉소적인 미소를 지을 줄 알았다. 그의 삶에는 영국에서 공학을 공부할 때 안, 요크셔에 살던 데이지라든가 세실리 같은 여자가 있었다. 그리고 이름을 알 수 없는 어느 청년에 대한 동성애적 사랑을 고백했고(「벌써 오래된 소네트」[1922]), 광폭하고 과장된 시구로 그 동성애를 선언했다(「바다의 송시」[1922]). 하지만 마음속에는 언제나 한 여인에 대한 사랑, 어느 시에서 회고했듯 아마 "결혼하고, 일상적 삶을 살며, 세금을 내는" 사람이 될까봐 따르지 않았던, 그 사랑의 달콤한 기억을 간직하고 있었다.

대서양 연안 도시에서 태어난 남부 사람답게, 그는 바다와 여행을 사랑했고 찬양했다.

그의 송시들에서 바다는 포르투갈의 역사였고, 미지를 향한 모험, 작은 나라 국민의 용기이자 고집이었으며, 동시에 식민주의의 폭력, 이루지 못한 엘도라도, 순수함의 상실이기도 했다.

사실 그는 부르주아 몽상가의 껍질 속에 갇힌 방랑자의 영혼을 지니고 있었다. 콜리지, 멜빌, 콘래드처럼 범선들, 남쪽 바다, 산호초, 이국적 항구의 북적거림, 밀물과 썰물, 해적, 늙은 뱃사람을 회상했다.[6] 그리고 어린 시절의 동판화처럼 야자수가 그려진 장밋빛 섬들을 회상했다. 그의 여행 장소들은 기하학적 장소들이며, 개념과 욕망의 공간에 속한다.

3. 하지만 우리에게 캄푸스가 하나의 전기라면, 페소아에게는 문학적 방편이기도 했다. 비록 다른 자들이 갖지 못한 치밀함과 복잡함을 지녔지만, 다른 이름 모두와 마찬가지로 그 역시 하나의 문체조절 장치이자 방편이었다. 만약 알베르투 카에이루와 히카르두 헤이스가(전자는 자연에 대해 명상하는 일종의 시인 교육자이자 스승이었고, 후자는 고대 로마 시인 호라티우스와 19세기 초 이탈리아 고전파 시인 레오파르디 중간에 위치한 염세적 신고전주의자였다) 어떤 시대, 어떤 지역에도 있을 수 있는 두 문학적 인물이라면, 페소아는 알바루 드 캄푸스와 함께 아방가르드 시대를 살았다. 말하자면 캄푸스 덕택에 페소아는 자기 시대의 문화에 적극적으로 참여했던 것이다.

캄푸스는 다른 자들처럼 단지 '창조하는' 창조물일 뿐만 아

6 콜리지의 『늙은 수부의 노래』, 멜빌의 『모비 딕』, 콘래드의 『로드 짐』 등 세 작가 모두 바다를 주제로 한 작품으로 유명하다.

니라, 구체적인 문화적 맥락에서 '활동하는' 창조물이기도 했고, 역사 속에 투영된 창조물이기도 했다. 그러니까 캄푸스는 자기 분석을 훨씬 넘어서는 존재였으며, 하나의 성찰이자 '낯설게하기'였다. 흥미롭고도 특이한 우연의 일치로, 페소아는 아방가르드를 직접 체험한 동시에, 캄푸스를 통해 그 내부에서 바라본 비평적 초상화를 제공해주고 있기도 하다. 아방가르드주의자의 특징들을 목록으로 만들 수도 있는 전형적 초상화를 말이다.

무기력하고 신경질적이며, 시로 승화된 히스테리에 사로잡혀 있고, 페소아가 습관적으로 자유분방하게 받아들인 막스 노르다우[7]의 이론을 추종했던 캄푸스는, '허풍' 면에서 보면 퇴폐주의자였고, 소명 면에서는 미래주의자였으며, 이데올로기 면에서는 다다이즘 추종자였다. 그는 첫눈에 미래주의에 대한 사랑에 빠졌는데, 이는 완전히 개인적이고 내향적이고 신비적이며 모호한 성격에다 근본적으로는 마리네티에 반대하는 미래주의였다. (이제 이탈리아 아카데미 회원이 되어버린 마리네티에게[8] 그는 공에서 바람 빠지는 소리로 끝나는 냉소적인 소네트 한 편을 바쳤다.) 그는 아카데미들에 대해 반감을 보였을 뿐만 아니라, 유토피아들, 완벽함을 지향하는 체제들, 세상을 해석하는 이론들도 의심했다. 버나드 쇼, 샤를 모라스, 도스토옙스키, 고리키에 대한 반감을 요란스럽게 밝히기도 했다. 다양한 믿음의 깃발들 위에 세워진 더없

7 Max Simon Nordau(1849~1923). 헝가리 출신의 유대인 소설가이며 평론가로, 세계 시오니스트 조직의 공동 창립자이기도 하다.
8 1929년 무솔리니는 마리네티를 '이탈리아 아카데미' 회원으로 임명했다.

이 끔찍한 전체주의들을 예견했고, 이데올로기적 형제애, 사회주의적 포퓰리즘, 그리스도교의 자선을 거부했다. 그는 무신론자였을까? 나는 아니라고 생각한다. 그의 불가지론은 플라톤의 이데아와 스피노자의 영혼을 위한 공간을 갖고 있으며, 모든 실패한 자들의 사상으로 형성된 집단적 엑토플라즘에 가깝다. 그의 허구적이고 권태로운 여행 필수품 중에는 와일드, 라포르그, 휘트먼, 쇼펜하우어가 있다. 하지만 그는 근본적으로 패배의식, 모든 환상에 대한 거부, 아이러니한 절망 상태에 있는 인물이다.

오늘날의 독자에게 알바루 드 캄푸스라는 인물은 어떤 면에서 하나의 패러다임이다. 그의 고뇌, 그의 신경증, 그의 냉소, 모순에 대한 유연함, 본질적으로 패배자였다는 사실, 형이상학적이고 현혹당한 그의 눈길은 바로 그의 상처들이다. 그리고 긍정적으로 보면 그의 위대함이다.

한 어린이가 풍경을 가로지른다

어린이로 되돌아온 그 그리스도[1]는, 히바테주의 어느 언덕에 다다라 1914년 하얀 회벽의 농가에서 알바루 드 캄푸스, 히카르두 헤이스, 페르난두 페소아라는 이름의 세 시인이 모인 자리에서부터, 오늘날까지 아직 드러나지 않은 가르침을 준 스승 카에이루에게 자신의 본질을 보여주기까지, 어떤 비밀스러운 길을 갔는가? 혹시 그는 시인=신비를 꿰뚫는 어린이라는 등식에 따라, 이탈리아에서는 1897년 『마르초코』에 실린 파스콜리[2]의 산문에서 자신의 선언서를 발견했고, 포르투갈에서는 처음에는 테이셰이라 드 파스코앙이스의 향수주의에서, 곧이어 페소아 자신의 파울리즈무에서 모호한 공식을 발견한, 퇴폐주의 시론에서 유래한 인물일까?(비록 퇴폐주의보다 스피노자와 포이어바흐의 냄새가 더 나는 진술을 하는 것 같지만.)[3] 아니면 이탈리아의 문화적 환경에서는 릴

1 어린 그리스도의 이미지에 대해서는 이 책의 「부록」에 실린 『양들의 보호자』 8번 시 참조.

2 Giovanni Pascoli(1855~1912). 19세기 후반 이탈리아의 대표적 시인이자 고전학자. 『마르초코*Marzocco*』는 1896~1932년 피렌체에서 간행된 문학지로, 반실증주의적 심미주의와 소위 '예술을 위한 예술'을 강조했고, 파스콜리의 작품을 열광적으로 찬양했다. 파스콜리는 1897년 이 문학지에 발표한 「시 예술에 대한 생각들」에서 시란 역사와 시간을 넘어선 순수한 창안이어야 한다고 주장했다.

3 17세기 스피노자는 합리주의자로서 범신론을 주장하는 동시에 유물론자였으며, 19세기 포이어바흐 역시 헤겔 좌파로서 유물론을 주창하고 기독교를 비판했다.

케나 캄파나(그리고 어쩌면 특정 시기의 단눈치오)를, 포르투갈에서는 언제나 그렇듯 페르난두 페소아의 문학지 『오르페우』에서 발견한 고유의 선구자를 의미하는, 플라톤적이고 오르페우스적인 숲에서 유래한 인물이 이 어린이일까? 그것도 아니면 혹시 그 단시/선언서에서(여기에서 어린이 모습을 한 승화와 무성애적 요소에도 불구하고 동성애적 요소가 발견될 수도 있긴 하지만) 취함과 방탕함의 찌꺼기로부터 정화되기 전에, 분명 특히 꼽자면 니체를 의미하겠지만, 포르투갈에서는 또다시 페르난두 페소아, 즉 짤막한 「포르투갈 신이교주의」의 저자로 카스카이스 정신병원에서 미친 채 사망한 다른 이름의 철학자 안토니우 모라의 본질 속에 있는 페소아를 의미하는, 디오니소스와 디티람보스[4]에 깃든 범신론을 가로지르는 인물이 이 어린이였을까?

원천들에 대한 이런 탐구가 그럴싸하다고 본다면 이 어린이의 의미는, 고유의 복잡함과 구조적 모호함을 고려해보건대 꽤 그럴듯해 보이는 원천들의 총합으로 끝나는 것도 아니라는 건 확실하다. 그러므로 가설적인 가계도, 즉 '어디에서 오는지'를 우리에게 암시해줄 혈통 집단의 확인서에 머무르기보다는, 미래에 대한 그의 예상, 즉 '어디로 가는지' 아니면 결국 어디로 갈 수 있는지에 대한 정보를 우리에게 제공해줄 통행증을 보는 편이, 더 나은 정의를 내리는 데 도움이 될 것이다. 20세기 문화를 가로질러 방랑하는 동안 얻은 변이형들과 장식물들과 함께 현재의 우리에게까지 도달한 개념의 은

4 dithyrambos. 고대 그리스에서 포도주의 신 디오니소스를 찬양하는 합창.

유로 사용되는, 포르투갈 풍경을 가로지르는 이 어린이는, 알베르투 카에이루의 『양들의 보호자』에서 가장 '입문적인' 시들 중 하나를 수용 가능한 한 불경스러운 방식으로 읽어보라는 하나의 제안이나 마찬가지다. 그가 어른이 되어 무엇을 할지 예견하려면, 단순히 그 어린 방문객이 1914년 알베르투 카에이루가 세상을 관찰하던 '외롭고 회벽을 바른' 언덕 집에서 페르난두 페소아 옆에 머무는 동안 갖추고 있던 특징들을 검증해봐야 할 것이다.

그러고 보면, 사람들 영혼 안에 잠자고 있다가 다른 사람의 꿈으로 장난하기 좋아하는 이 영원한 어린이에게서, 평온하지도 않고 불편하고 아마 '야생적일' 미래의 정신분석학자를 어찌 예견하지 않을 수 있겠는가? 어린이의 순수함 덕택에 불손하고 신성모독적이며 기적을 행하는, (모든 추론으로부터 카에이루를 해방시키고, 카에이루의 시선에서 모든 문화적 찌꺼기를 없애주었으며, 카에이루에게 '모든 것을 가르친'), 간과할 수 없는 자질을 가진 이 정령은, 그로부터 몇 년 뒤 무정부주의적이고 유쾌하고 마법적이고 결코 별로 추천할 만한 책이 아닌 게오르크 그로데크의 『그것의 책』에 주인공으로서 거주하기에 충분한 모든 정상적 서류를 갖추고 있었다.[5] 실제로 상상력을 별로 동원하지 않아도 페소아의 유령들은 프로이트의 견고하고 강압적인 병원을 신중하게 피해 마법사 같은 떠돌이 분석가들과 우정을 맺게 되리라고 예

5 Georg Groddeck(1866~1934). 독일 출신 의사이자 정신분석학자이며 정신신체의학의 개척자로 간주된다. 1923년 출판된 『그것의 책*Das Buch vom Es*』은 '그것Es' 또는 '이드Id'에 관한 연구서다.

견해볼 수 있다. 가방조차 싸보지도 못하는 무능함 탓에 파리나 빈으로 향하는 기차 따위는 전혀 타보지 못한 채 테주 강 하구의 거처에서 외롭게 지냈던 페소아, 장미십자회 단원이며 신지학자였고, 그리스도교가 개인의 영혼을 특권화하면서 쓸어 없앤 집단 영혼의 이름으로서 반그리스도교인이었으며(알바루 드 캄푸스의 「최후통첩」 참조), 인간 내부에서 작용하는 비밀스러운 힘에 매료되고 있을 법하지 않은 기괴한 치료법에 호기심을 가졌던 페소아는 (명백하게 공식화되지는 않았지만 자기磁氣의 흐름, 맥동脈動, 양막羊膜, 집단 무의식, 범심론汎心論으로 확인되는 이론들을 통해) 자신의 이상적인 '나쁜 동료들'을 선험적으로 선택했던 것이다. 선택된 그의 친구들은 (물론 자주 만나지는 않았지만) 메스머, 오토 랑크, 알프레드 아들러,[6] 그로데크, 카를 구스타프 융이었다. 페르난두가 일기에서 그에 대해 논쟁적 문장을 쓴 적도 있긴 하지만 아주 오래된 친밀한 친구는, 프로이트와 그로데크가 아직 '그것(이드)'이라 불리는 것을 몰랐을 때 "신성하기에는 너무나 인간적인 그 어린이"에게 '그것Es'이라는 이름을 붙여준, 바로 천재 철학자 프리드리히 니체였다.

하지만 천국에서의 저녁식사 후 권태에서 벗어나 히바테주의 풀밭과 알베르투 카에이루의 꿈속에서 뒹구는 그 개구쟁이는, 단순히 미래의 정신분석학적 '그것(이드)'만을 암시

6 프리드리히 안톤 메스머(Friedrich Anton Mesmer, 1734~1815)는 오스트리아 의사로 자기요법磁氣療法을 시도했고, 오토 랑크(Otto Rank, 1884~1939)는 오스트리아 정신분석학자이자 프로이트의 제자로서 무의식보다는 의지에 초점을 맞추어 인간을 자기의 창조자로서 바라봤으며, 알프레드 아들러(Alfred Adler, 1870~1937)는 오스트리아 출신 정신분석학자로 개인 심리학의 창시자로 꼽힌다.

하는 것일까? 몇 년 전 어느 페소아 비평가는 가공의 책제목을 제시하면서 체계적인 작업 아이디어를 숭배자들의 동아리에 던졌는데, 그 포르투갈 시인이 자기 셋방에서 유럽의 변두리까지 20세기 유럽 문화에서 앞당겨 보여준 것을 모두 검토해보자는 의도였다.[7] 위대한 포르투갈 시인은 이제 실질적으로 비밀스러운 작업 속에 유배되었던 숭배자들의 좁은 동아리에서 벗어나, 20세기 시의 가장 높은 목소리 가운데 하나로서 세계적 인정을 받고 있다.(적시에 그의 위대함을 포착해낸 사람들이 그 토대가 되어주었지만 말이다. "20세기 최대의 서정시인"[잔프랑코 콘티니[8]], "인류의 너무나 드물고 위대한 시인들 중 하나"[앙드레 브르통], "페소아는 미지의 절박함이다"[옥타비오 파스], "그의 이름은 1880년대에 태어난 세계적인 위대한 예술가들, 스트라빈스키, 피카소, 조이스, 브라크, 흘레브니코프[9]의 목록에 포함될 자격이 있다"[로만 야콥슨], "자기 개성을 폭발시켜 세계적인 차원으로 솟아올랐다"[아르망 기베르[10]]) 하지만 뒤늦게 얻은 명성으로 인한 예외적인 비평적 행운에도 불구하고, 페소아의 유명한 트렁크 안에 보관되어 있으면서 아직도 편집되지 않은 너

7 O. Del Bene, "Algumas notas sobre Alberto Caeiro," *Ocidente* n. 72, Lisboa, 1968, pp. 129~135. 가공의 책제목은 '페르난두 페소아, 미지의 선구자*Fernando Pessoa, Precursor Desconhecido*'였다. [원주]

8 Gianfranco Contini(1912~1990). 이탈리아 문헌학자이며 비평가로 특히 문체비평의 대표적인 인물.

9 Viktor Vladimirovich Khlebnikov(1885~1922). 마야코프스키, 파스테르나크 등과 함께 활동한 러시아의 대표적인 미래파 시인.

10 Armand Guibert(1906~1990). 프랑스 시인이자 작가로 페소아의 시들을 프랑스어로 번역했다. 타부키가 1960년대 파리의 헌책방에서 읽고 매혹된 페소아의 「담배 가게」도 그의 번역본이다.

무 많은 글과 기출간 텍스트에서 드러나듯이, 알려지지 않은 너무 많은 것들로 인해 그 열광적 비평가가 바라던 작업은 아직도 불가능하다. 그렇지만 근본적인 이런 제안에다 이 책이 부추기는 다소 즉흥적인 제안을 덧붙이면서, 이런 아이디어를 던져보고 싶은 유혹에 내가 어찌 저항할 수 있겠는가?

긴박한 상황에 걸맞게 간단히 말하자면, 나는 그 시를 관통하는 시선으로 독자의 시선을 이끌고 싶다. 그 정수와도 같은 유년기에는 응시의 방식이 있었는데, 당시(그러니까 1914년)에는 아직 자각되지 못한 채 '순수한 바라보기 행위'로 이루어져 있었던 것 같다. 그렇다면 바라보았을 때 단지 자기 자신만 드러내는 것들, 카에이루가 『양들의 보호자』 30번 시에서 확고하게 말하듯이 "의미는 없고 존재만 가진" 것들, "감추어진 의미를 전혀 갖고 있지 않은 것이 감추어진 유일한 의미인" 그것들은 무엇을 드러내는가? '단지' 하나의 시선이며, 따라서 하나의 시선 '이상'인 그 시선, 존재에 의해서가 아니면 한정되지 않는 그 존재, 행위도 아니고 능력도, 우연도, 실질도 아닌 존재는 무엇을 의미하는가? 혹시 20세기 철학의 근본적 직관들을 의미하는가? 벌써 하이데거, 야스퍼스, 사르트르가 뜻하던 바란 말인가?

나의 소심한 제안은 이런 질문에서 멈추겠다. 이 질문은 아주 장엄한 텍스트 『양들의 보호자』를 이처럼 신중하고 소박하게 소개하는 것에 함축되어 있다. 나로서는 먼저 그 존재에 대한 필수적 정보들을 제공하면서 이 텍스트의 즐거움과 알베르투 카에이루의 마법 같은 가르침으로 초대하는 것밖에 달리 할 수 있는 방법이 없다.

페소아가 직접 쓴 전기 카드에 따르면(아돌푸 카사이스 몬테이루가 날카롭게 지적했듯, "전기들을 위해 작품을 창안한 것이 아니라, 작품을 위해 전기들을 창안한 이 사람"을, 옥타비오 파스는 스페인 시인 안토니오 마차도와 비교하면서 이 차이의 중요성을 강조한 바 있다), 알베르투 카에이루 다 실바는 1889년 리스본에서 태어나 1915년에, 페소아보다 이십 년 먼저 그리고 다른 이름으로 등장한 지(그러니까 1914년 3월 8일 시인의 머릿속에서 태어난 지) 일 년 만에, 리스본에서 결핵으로 사망했다. 중키에 옅은 금발이었던 그는 허약한 체질 때문에 히바테주의 어느 마을에 사는 늙은 고모할머니 집에 더부살이하며 짧은 일생을 보냈다. 『양들의 보호자』 외에 「사랑의 목자」라는 제목의 시적 일기와 다양한 시 여러 편을 남겼는데, 알바루 드 캄푸스가 전해준 그 시들을 페르난두 페소아는 '흩어진 시들'이라는 제목으로 모았다. (초등학교만 겨우 마쳤기에) 포르투갈어를 잘 쓰지 못했고 문인들의 모임이나 살롱과는 동떨어져 살았던 이 외롭고 조용한 이의 삶에 대해서는 더이상 말할 것이 없을 듯하다. 다만 그는 다른 이름들의 가족에서 논쟁의 여지가 없는 특권적 지위를 누렸으니, 바로 그들의 스승이었던 것이다. 아니, 그 이상이다. 페소아가 명백히 밝혔듯, 카에이루는 그의 스승이었다. ("이런 불합리한 문장을 용서해주십시오. 내 안에 내 스승이 나타난 것입니다." 1935년 1월 13일 카사이스 몬테이루에게 보낸 편지.)

하지만 이 신비로운 스승이 주는 가르침의 '의미'는 무엇인가? 나는 "카에이루가 내 스승이다"라는 페소아의 주장에 대해 옥타비오 파스와 똑같이 생각하고 싶다. 그 말은 "그의 모든 작품의 이정표다. 그리고 카에이루의 작품은 페소아가 한 유일한 주장이라는 점을 덧붙일 수 있다. 카에이루는 태양이고 그 주위로 헤이스, 캄푸스, 그리고 페소아 본인이 돌고 있다. 그들 모두에게는 부정 또는 비현실의 부분들이 있다. 헤이스는 형식을 믿었고, 캄푸스는 감각을 믿었고, 페소아는 상징을 믿었다. 카에이루는 아무것도 믿지 않았다. 단지 존재했다."[11]

카에이루는 아무것도 믿지 않았다. 단지 존재했다…… 노자老子나 밀라레파,[12] 또는 소크라테스처럼 카에이루의 가르침은 작품보다 존재에 있었다. 카에이루는 시인이 아니었다. 그는 성인이었고, 사부師父였다. 혹은 인간조차 아닌, 세상을 관찰하는 하나의 눈이었는지도 모른다. 해독할 수 없는 하나의 렌즈.

11 옥타비오 파스가 직접 페소아의 글을 취사선택하고 번역한 『선집』에 쓴 서문 「자기 자신을 모르는 자」(F. Pessoa, *Antología*, México: Universidad Nacional Autonoma, 1962, p. 23); 나중에 이 글은 파스 책에 다시 실린다.(O. Paz, *Cuadrivio. Darío López, Velarde, Pessoa, Cernuda*, México: Joaquím Mortiz, 1969^{2}) [원주]
12 11세기 중반에서 12세기 초반에 활동한 티베트 불교학자이자 성자.

베르나르두 소아르스
—불안하고 잠 못 이루는 사람

프란코 오케토[1]를 추모하며

1. 베르나르두 소아르스는 창가에 서 있는 자다. 소아르스는 리스본의 회계사로, 창문은 도시의 오래된 상업지구인 퐁발의 '바이샤'에 있는 직물 회사로 나 있다. 과묵하고 외로운 그는 늙은 플로베르처럼 유리창 뒤에 서서 삶을 탐색한다. 외부의 현실적인 삶, 하지만 바로 곁을 지나가는데도 그에게는 이질적으로 전개되는 삶이다. 그리고 내면적이고 창조된 삶. 왜냐하면 베르나르두 소아르스의 창문은 양방향으로, 외부와 내부로 열리는 덧창을 갖고 있기 때문이다. 그 '내부'도 그곳 거주자에게는 알려지지 않은 이질적인 장소로, 임대한 '내부,' 즉 소아르스가 자신도 모르는 다른 자아들과 공유하고 있는 어느 호텔의 방이다. 서로 교차하고 서로 혼동되는 그 두 풍경 위에서 소아르스는 회계사의 광적인 꼼꼼함으로 아주 자세하게 일기를 쓰고 있다. '내면의 일기,' 사색, 메모, 인상, 명상, 정신착란과 서정적 충동들로 이뤄진 장엄한 잡기인데, 그는 책이라 부르고 우리는 소설이라 부를 수 있을 것이다. 더구나 카이사르에서 발레리, 지드에 이르기까지 모든 자서전

1 Franco Occhetto. 1981~1995년 이탈리아 펠트리넬리 출판사의 책임편집인. 1986년에 펠트리넬리에서 타부키와 그의 아내 마리아 조제 드 랑카스트르의 공동 번역으로 『불안의 책』이 발행되었다.

적 문학은 에드거 앨런 포의 아이러니한 관찰, "불꽃 이는 펜을 휘갈겨 종이를 구겨 태우지 않고서는" 자서전적 '진실'을 추구할 수 없다는 관찰에 비추어 읽을 수 있다.

그런 의미에서 소아르스의 책은 분명히 소설이다. 아니, 보다 정확히 말하자면 이중적 소설이다. 왜냐하면 페소아는 베르나르두 소아르스라는 이름의 등장인물을 창조하여 그에게 일기 쓰는 임무를 부여했기 때문이다. 그러니까 소아르스는 자서전의 섬세한 문학적 허구를 활용하는 허구의 인물이다. 페소아가 남긴 단 하나의 위대한 서사작품, 즉 그의 소설은 바로 이 존재하지 않는 인물의 사건 없는 자서전으로 이루어져 있다. 그 책은 '책-계획'이다. 계획으로서 그것은 페소아의 삶에서 이십 년 이상을 차지했고, 우리는 거의 오십 년 동안 편집되지 않은 채 트렁크에 보관되어 있던 그 원고들을 계획 상태로 최근(1982년)에야 받았기 때문이다. 그러니까 그것은 미해결 상태의 '진행중인 작업work in progress'이자 특이하고 열린 작품이며 동시에 다른 책들보다 '더 우리 것인' 책이다. 왜냐하면 후대 사람들에 의해 만들어질, 말하자면 '구성된' 책일 것이기 때문이다.[2]

페소아는 탁월하게 계획적인 작가였다. 그 작품의 신비하고 실현되지 않은 총체적인 계획은 바로 작품-계획으로서 『불안의 책』으로 제시된다. 이 신화적인 책, "한 권의 책으로 귀결되는" 세상과 모든 운명의 총합은 바로 말라르메가 상상

2 『불안의 책』은 1982년 포르투갈어로 처음 출판되었는데, 그 구성이나 편집 방식과 관련하여 페소아 학자들 사이에 서로 의견이 분분해 현재까지도 여러 판본이 존재한다.

했던 것이며,[3] 바로 그런 계획성, 문학 장르들의 해체를 새싹처럼 간직한 계획성 자체 안에서 해결책을 발견할 수도 있을 것이다. 페소아의 다른 이름, 말하자면 무대 없는 그의 등장인물들의 무대는 작품을 모호한 공간으로 인도한다. 페소아는 시인이라기보다 시를 활용하는 극작가이며, 극작가라기보다 연극을 활용하는 시인이며, 소설가라기보다 소설적인 것을 활용하는 시인이자 극작가다. 페소아의 작품은 문학적 유토피아, 절대적인 책으로 제시된다. 『불안의 책』은 그 어느 곳에도 없는 은하계의 한 조각이자 실마리로 간주될 수 있다.

2. 페르난두 페소아처럼 베르나르두 소아르스도 사무원이었다. 소심하고 소박하며, 고유의 개인사를 지녔던 몇몇 다른 이름과는 달리 호적부가 없는 소아르스는, 자기 창조자의 삶을 창백하게 되비춘 것처럼 보이는 삶을 살았다. 페소아는 어느 편지[4]에서 그를 '반半 다른 이름'으로 정의했는데, "그의 개성이 나의 개성이 아님에도 내 개성과 다르지 않고, 단순히 그 일부를 잘라낸 것이기 때문이다. 그는 바로 분별력과 애정이 없는 나"라고 했다.

분별력과 애정이 없는 페소아는 본질적으로 관찰 활동중이라고 생각해야 할 것이다. 그러니까 페소아는 그런 능력을 잘라냈고, 그것으로 베르나르두 소아르스를 창조하여 창문

3 말라르메는 베를렌에게 보낸 편지에서 '위대한 작품'으로서의 유일한 책에 대한 관념을 피력했다. 그는 "세상은 한 권의 멋진 책으로 귀결되기 위해 만들어졌다Le monde est fait pour aboutir à un beau livre"라고 썼다.

4 이 책 159쪽에 실린 1935년 1월 13일 아돌푸 카사이스 몬테이루에게 쓴 편지 참조.

가에서 '바라보도록' 세워둔 것이다. 하지만 베르나르두 소아르스는 무엇 때문에 바라보고, 그 바라보기 행동은 무엇으로 이루어져 있는가?

"나는 보는 법을 배우고 있다. 나는 모른다. 왜 모든 것이 나의 아주 깊은 곳으로 뚫고 들어가, 전에는 언제나 끝이 있어 사라졌던 곳에 머무르지 않는지. 나는 내가 모르는 내면의 장소를 갖고 있다. 이제 모든 것이 그곳으로 간다. 거기에서 무슨 일이 일어나는지 나는 모른다." 우리가 소아르스의 『불안의 책』에서 읽을 수 있는 이 구절은, 놀랍게도 릴케의 『말테의 수기』에도 있다. 이는 무시할 수 있는 우연의 일치가 아니며, 무엇 때문에 문학의 유사함은 언제나 단순한 유사함 이상의 무엇이 되는지 잠시 숙고해볼 필요가 있다. 물론 릴케와 페소아는 서로를 전혀 몰랐고, 아마 서로의 작품을 전혀 읽지도 않았을 것이다. 그렇지만 서로 소통되지 않는 두 문화적 환경에서 같은 시기에 쓴 그들의 '소설'은 놀라운 구조적 유사함(둘 다 반소설적 성격의 소설, 사이비 일기라는 사실)보다 더 심오한 유대감을 보여준다. 이 두 책을 묶어주는 주제의 유대감이 있는데, 이것이 바로 시선을 가로지른다. 페소아의 등장인물은 끊임없이 말한다, '올랴르.' 릴케의 등장인물은 끊임없이 말한다, '샤우엔.'[5] 그것은 개인과 현실 사이, 자아와 외부세계 사이의 관계와 관련된 시선이다.

지금은 릴케에 대한 하이데거의 논쟁적인 해석으로 돌아가 그것을 『불안의 책』에 맞출 방법을 찾을 때가 아니다. 그

5 Olhar(포)/Schauen(독). 둘 다 '바라보다'라는 뜻.

렇지만 이 책에 대한 첫번째 관찰은, 등장인물 소아르스의 존재, 말하자면 페소아가 자신의 등장인물에게 부여하려고 시도한 인간적인 공존이, 계속해서 해체되고 용해되어 시선과 정신 너머에, 눈과 지성 너머에 있고 베르나르두 소아르스가 '영혼'이라 부르는 것으로 접근하는 데 활용되는 감각적인 핵으로 축소되려고 한다는 사실이다. 『불안의 책』을 관통하는 시선은 경험 자료들의 지각과 동시에 변화를 구성한다. 그것은 자아의 외부에 있고, 자아가 자기 것으로 만드는 것이며, 자아로 '변환되는' 외부세계다. 그러니까 소아르스가 자기 책 전반에 걸쳐 집착에 가깝게 말하는 영혼은 정의하기 어려운 공간이다. 그것은 의식이자 무의식이고, 자아이고 존재이며 있음이다. 그가 사는 삶이자 삶의 원형이고, 현실적인 삶이자 동시에 전부터 존재하는 영원한 삶이며, 그것을 소아르스는 자신의 이중적 창가에서 바라보고 있다. 마치 『말테의 수기』에서 여기저기 나타나는 에리크 브라헤가 건강한 한쪽 눈으로는 살아 있는 자들의 세계를 바라보고, 고정된 한쪽 눈으로는 죽은 자들의 세계를 바라보는 것처럼 말이다.

베르나르두 소아르스는 살면서 또한 살지 않는다. 그의 존재는 삶과 삶에 대한 의식 사이에, 있음과 있음에 대한 관념 사이에, 자기 자신과 자기 자신에 대한 관념 사이에, 그가 바라보는 현실과 그가 문학적 묘사에서 재생산하는 현실 사이에 있다. 덧붙여 말하자면 그것은 방법에 있어 정확한 기준을 갖고 있는 묘사이며, 베르나르두 소아르스는 그런 묘사의 기괴한 숭배자다. 정의상 이야기될 수 없는 것(공기, 색깔, 빛)에 대한 이야기는, 특히 터너의 위대함을 앞장서 찬양한 러스

킨의 '말로 그리기word-painting'를 통해 일부 영국의 탐미주의가 몰두한 예술이었다.(하지만 그 기원은 키츠의 일기였으며, 가장 불안한 '낱말 그림'은 홉킨스가 남겼다.)[6] 의심할 바 없이 소아르스는 그런 그림 예술을 실행했다. 하지만 홉킨스가 이미 신비주의에 대한 긴장감으로 그런 예술 팔레트를 혼란스럽게 만들었다면, 소아르스는 자신의 형이상학으로써 우리를 방향감각도 찾을 수 없는 그림 속으로 산책하게끔 인도함으로써 풍경을 폭발시켰다. 왜냐하면 실제로 우리는 더이상 그림 안에 있는 것이 아니라 그림 '너머에' 있기 때문이다. 페소아에게는 언제나 '그 너머,' 버려진 것이 있다. 물론 소아르스도 그 버려진 것의 고통을 겪었고, 그것을 말로 그렸다.

3. 하지만 베르나르두 소아르스와 밀접한 관계를 보이는 다른 시인 쥘 라포르그에 대해서도 언급할 필요가 있을 것이다. 흥미롭게도 라포르그 역시 '낱말 그림'의 위대한 창조자였고(『사후의 잡기*Mélanges posthumes*』 참조) 여름날의 풍경, 룩셈부르크의 가을 저녁, 11월의 보름달, 거리의 봄, 무덥고 적막한 오후를 그렸다. 그런데 라포르그와의 유사함은 보다 실질적이다. 형이상학이 일상성의 자갈밭 위에서 흩어지는 '언제나 우울한 날ever-spleen day'(물론 일요일), 우주에 충격을 주는 불안을 창출하는 일상적인 무無의 음미, 거짓 욕망, 밤, 무능, 외

6 존 러스킨은 빅토리아 시대 영국의 사회사상가이자 미술평론가로, 『근대 화가론』(1843)에서 빛의 색조를 통해 내면 풍경을 선보인 터너의 회화를 극찬한 바 있다. 키츠와 홉킨스 역시 동시대에 활동한 시인으로, 키츠는 낭만파를 이끌며 탐미주의적 예술지상주의를 추구했고, 홉킨스는 '도약률'이라고 불리는 고대 영시와 닮은 독특한 운율법을 만들어 시를 썼다.

로움, 기의의 부재와 기표의 비대란 측면에서 그렇다. 하지만 이렇게 말하는 것은 조잡한 단순화다. 퇴폐주의는 낭만주의와 마찬가지로 거대한 용량을 지닌 그릇이며, 그 안에는 베케트와 몬탈레도 넉넉하게 들어간다. 그들보다 먼저, 또는 어쨌든 동일한 곳에 베르나르두 소아르스의 '불안desassossego' 아니, 몬탈레보다 몇 년 앞서 프랑스 상징주의의 암시를 받아들여 거기에다 훨씬 더 복잡한 의미를 부여한 페르난두 페소아의 '삶의 고통Mal-de-vivre'이 들어 있다.

'desassossego(데자소세구)'는 분명 그런 '고통'의 표현이다. 'desassossegar(데자소세가르)'의 역행 파생어인 'desassossego'는 포르투갈어로 '상실' 또는 '박탈'을 가리킨다. 'sossego' 즉 평온함과 고요함의 결핍이다. 하지만 소아르스는 'desassossego'의 경계선을—권태와 연결되어 나타나는 일부 텍스트의 모호하게 퇴폐적인 함의에서부터 쇠진, 걱정, 불편함, 고뇌, 혼란, 부적응, '삶에 대한 무능함'에 이르기까지—아주 먼 영역까지 확장했다.

평범한 삶에 대한 무능함, 그것은 소아르스가 특히 일상적인 삶을 살아갈 수 없기 때문이다. 시적이지 않은 것에서 출발한 그의 책은 '불쾌함'의 어조를 띠고 있다. 소박하고 희미한 어조, 소아르스 같은 인물에게 어울리는 중얼거림이다. 이는 또 특이한 어조인데, 20세기의 그랑부르주아 문학이 빈의 살롱이나 산속의 호화로운 요양소, 또는 어쨌든 죽음, 예술, 아름다움, 고독, 정체성에 대해 이야기하기에 적합한 환경에서 즐겨 토론하는 주제들을 한 사무직원이, 익명의 인물이 사무실이나 셋방에서 다루기란 정말 놀랍기 때문이다. 소아르스는 관습과 관례를 깨뜨렸고, 그런 점에서 『불안의 책』은 지극히 불안하고 전염성이 강하다. 왜냐하면 일상적이고 평범하고 단순하고 정상적이기 때문이다. 간단히 말해 '진실처럼 보인다.' 베케트의 등장인물이 바로 곁에 있다.

4. 하지만 베르나르두 소아르스와 함께 관례 이상의 것이 깨졌다. 그동안 낭만주의와 퇴폐주의의 특권적 공간이었던, 관례적으로 해석 가능하고 어쨌든 해방적이었던 메시지, 즉 꿈이 사라졌다. 프로이트와 융을 어떻게 해야 할까? 베르나르두 소아르스는 꿈을 꾸지 않는다. 잠을 자지 않기 때문이다. 그의 말을 사용하자면 "잠에서 벗어난다sdorme." 말하자면 잠에 앞서는 자유로운 의식 또는 과잉 의식의 공간을 자주 방문한다. 어쨌든 잠은 절대로 오지 않는다. 『불안의 책』은 거대한 불면이며 '불면의 시학'이다. 따라서 이런 면에서 봐도 소아르스는 자기 시대의 문화적 관례에 속하지 않는다. 그는 호기심 많은 선구자였다. 그의 불면은 정신분석학자의 안락의자를 뒤에 남겨둔 채 1940년대 실존주의의 열병 같은 깨어 있는 상태와 연결되며 레비나스, 블랑쇼와 연결된다. 그건 휴식이 불가능한 삶이다.

베르나르두 소아르스를 문학의 비극적 얼굴이라고 해야 할지 말지는 판가름하기 어렵다. 비극적인 것이 20세기에 띤 모습에 대하여 잠시 살펴보고 합리적으로 비교해야 할 것이다. 물론 그는 아이러니를 띠고 있다. 그가 사용하는 수사학적 기법은 곡언법曲言法인데, 그것은 아이러니 기법도 되기 때문이다. 어쨌든 그의 긴 독백은 질문들, 반복들, 서사의 연결에서 베케트의 보간법補間法('개그')과 똑같은 기능을 하는 보간법들로 가득하다. 소아르스의 독백은 겉보기에만 독백이다. 실제로는 '불분명한 대화'로서, 존재하지 않는 상대방과의 대화이며, 어떤 경우에는 결여된 대화다. 그리고 그것은 그로테스크한 것과 연결된다.

사회적 신분은 소박하지만 영혼이 방대한 이 등장인물과 함께 리스본은 당당하게 20세기의 문학 속으로 들어갔다. 카프카의 프라하, 조이스의 더블린, 보르헤스의 부에노스아이레스처럼 상징적 도시가 되는 특별한 신분을 얻게 되었다. 바로 신비를 간직한 도시다. 그 기하학적 공간에 소아르스가 존재의 신비를 부여했기 때문이다. 그리고 리스본과 함께 도라도레스 거리, 즉 도금사鍍金師들의 거리도 문학 속으로 들어갔다. 이곳은 재봉용품 판매상들의 거리, 가죽 가공업자들의 거리, 신발 제조업자들의 거리도 있는 리스본의 상업 및 수공업 중심지에 있는 거리다. 그리고 그 거리와 함께 어디에선가 분명히 멜빌의 바틀비를 알았을 그 형이상학적 필경사가 웅크리고 앉아 있었을 직물 회사도 문학 속으로 들어갔다. 또한 리스본, 거리, 사무실과 함께 어느 이발소, 옷깃에 수건을 꽂은 베르나르두 소아르스가 앉아 있었을, 조명이 좋지 않은 어두침침한 이발소도 문학 속으로 들어갔다. 그는 얼굴에 해독할 수 없는 표정을 띠고 이발소 뒷방의 문을 바라봤을 것이다. 이발사가 들어오는 모습이 보일 것만 같은 저 오래된 문은 우주와 직접 마주하고 있기 때문이다.

이 글에서 나는 가독성을 위해 인용들과 제시들의 출처를 글 안에 따로 일러두지 않고 썼다. 자서전적 '진실'에 대한 에드거 앨런 포의 관찰은 평론 「진실한 자서전 쓰기의 불가능함에 대해」에 들어 있다.(현재는 에드거 앨런 포, 『바이킹 포터블*Viking Portable*』, 뉴욕, 1968년에 실려 있다.) 최근 이탈리아에서는 문학 장르로서의 일기와 자서전에 관한 흥미로운 논쟁이 불붙었다. 그 문제의 핵심에 대해서는 『시그마*Sigma*』 특별호(『삶을 팔기: 문학적 전기*Vendere le vite: la biografia letteraria*』 제17권 1~2호, 1985)에 실린 많은 글과, 프랑스 문학에 관해서만 논의하고 있지만 이론적 문제에 매우 유용한 아르날도 피초루소Arnaldo Pizzorusso의 평론(『자서전의 주변에서*Ai margini dell'autobiografia*』, 볼로냐, 1986)을 참조하라. '책-계획'으로서 『불안의 책』에 대한 정의와 말라르메와의 연결은 마리아 알지라 세이수Maria Alzira Seixo가 제시한 것이고, 불면의 시학에 대한 논의는 에두아르두 프라두 코엘류의 것이며 소아르스와 레비나스를 연결시킨 것도 그의 공이다. 1986년 9월 25일부터 28일에 파리의 루아요몽 재단이 주최한 페소아 학회에서 이 논의들을 담은 두 사람의 발표문(M. A. 세이수, 「비밀의 담론」; E. 프라두 코엘류, 「불안의 시학」)을 접했다. 『불안의 책』이 페소아의 다른 작품들보다 "더 우리 것"이라는 생각은 에두아르두 로렌수의 것이다.(『페르난두, 우리 바이에른의 왕*Fernando, rei da nossa Baviera*』, 리스본, 1986) 소아르스에 대한 페소아의 말은 1935년 1월 13일 카사이스 몬테이루에게 쓴 편지에 들어 있다.(이탈리아어 번역본, 페소아, 『단일한 다수*Una sola moltitudine*』 제1권, 밀라노: 아델피, 1979) "삶의 고통"이라는 페소아의 표현은 1916년 9월 4일 아르만두 코르트스호드리게스에게 보낸 편지에 들어 있다.(인용된 『단일한 다수』 참조) 『말테의 수기』에 나오는 구절은 푸리오 예시Furio Jesi의 이탈리아어 번역본(밀라노, 1974)에서 인용했다. "말로 그리기"에 대한 홉킨스의 많은 글은 가드너Gardner의 서문과 각주가 있는 홉킨스 선집 『시와 산문*Poems and Prose*』(런던, 1984, 제24판)에 들어 있다. 베르나르두 소아르스를 "삶에 대한 무능함"이라고 통찰한 사람은 자신투 두 프라두 코엘류로 『불안의 책』 포르투갈어판(리스본, 1982) 서문에 이 내용이 있으며, 『불안의 책』의 어조를 "불쾌함"이라는 용어로 정의한 사람은 아르날두 사라이바Arnaldo

Saraiva다. 『불안의 책』이 '아이러니한' 책이라는 관념은 블라디미르 얀켈레비치의 『아이러니*L'Ironie*』(파리, 1964)를 읽으면서 나에게 떠오른 것이다. 베케트의 '개그' 사용에 대한 논의는 잔니 첼라티Gianni Celati의 기억할 만한 책 『서양의 허구들*Finzioni occidentali*』(토리노: 에이나우디, 1975, 개정판 1986)에 묶인 특별한 평론 「베케트, 보간법, '개그'에 대해」에 들어 있다. 상징적 도시로서 리스본의 개념에 대해서는 『포르투갈 연구*Quaderni Portoghesi*』(제1호, 1977)에 실린 마리아 조제 드 랑카스트르의 평론 「페르난두의 장소들 순례. 페소아의 리스본」과 앞서 언급한 루아요몽 재단 학회에서 발표한 「페소아와 리스본」이라는 제목의 글을 참조하라.

하지만 이 텍스트는 무엇보다도 특히 내 친구 프란코 오케토와의 잊을 수 없는 대화들에 많은 빚을 지고 있다. 그의 격려와 페소아의 『불안의 책』에 대한 그의 열정이 없었다면 이 이탈리아어 책은 존재할 수 없었을 것이다. 바로 그런 이유로 이 글을 그의 추도에 바친다.

한 줄기 담배 연기
—페소아, 스베보, 그리고 담배

한 줄기 연기가 20세기 유럽 문학을 가로질러 두 작가를 통해 서로 멀리 떨어져 있고 교류도 없고 서로를 모르는 두 도시를 관념적으로 연결한다. 두 도시는 리스본과 트리에스테[1]이고, 두 작가는 페르난두 페소아와 이탈로 스베보다. 그들을 연결하는 연기는 담배 연기다. 문학 텍스트에서 담배에 특권을 부여하는 비평적 분석이 어쩌면 쓸모없거나, 최소한 기괴해 보일지도 모르겠다. 하지만 아편과 압생트가 19세기의 여러 탁월한 문학에서 수호신 역할을 했던 사실을 생각해본다면, 담배 한 개비에 대한 덧없는 취향을 통해 20세기의 오만한 텍스트들에 접근하는 것이 그렇게 이상하지는 않을 것이다.

그런데 담배는 무엇인가? 이 사소한 질문에 대답하기 전에 페르난두 페소아의 삶과 이탈로 스베보의 삶이 얼마나 많은 담배로 넘쳐났는지 짚어보겠다. 스베보-슈미츠[2]의 실제 삶은 스베보-제노의 소설적 삶과 비슷하게 담배의 지배를 받았다. 마지막 담배에 대한 반복되는 후렴구는, 말하자면 아마

1 이탈리아 북동부 끝의 도시로 스베보의 고향이다. 예전에는 오스트리아-헝가리 제국에 속했고 다양한 문화가 뒤섞인 곳으로, 주민들은 이탈리아어 외에 프리울리 사투리, 독일어, 슬로베니아어, 크로아티아어를 쓰기도 한다.
2 스베보의 본명은 아론 헥토르 슈미츠Aron Hector Schmitz이며, 제노는 그의 소설 『제노의 의식』에 나오는 주인공 이름이다.

진정으로 전혀 원하지 않았기에 전혀 실현되지 않은 금연에 대한 의도로 분석될 만큼 담배의 지배를 받고 있었다.[3] 예를 들어 리비아 베네치아니 스베보[4]의 증언을 들어보자. "네시 칠분. 그것은 그이 어머니의 사망 시각이었다. 그 시간이면 그이는 종종 마지막 담배를 피우겠다고 했지만, 불행히도 절대 마지막 담배가 아니었다. 아마 담배 연기로 '개구리들'(그이는 자신을 고문하던 존재하지 않는 의혹들을 그렇게 불렀다)을 조용하게 하려고 시도했던 것 같다."[5]

스베보의 일기와 편지들은 금연하겠다는 약속들로 가득하다. 1896년 2월 9일 아내 리비아가 선물한 황금 만년필로 쓴 첫 약속부터 1897년에 선언서 형식으로 쓴 고상한 약속[6]을 거쳐, 삶의 중요한 순간마다 스베보의 삶은 그야말로 진정한

3 에두아르도 사코네는 제노의 마지막 담배 문제를 다루면서 어니스트 존스에 의해 공식화된 '아파니시스aphanisis' 즉 욕망의 사라짐에 대한 두려움의 정의에 의존한다.(Ernest Jones, "Early Development of Female Sexuality," *Papers of Psychoanalysis*, London: Balliere, 1950, pp. 438~451; Eduardo Saccone, *Commento a Zeno*, Bologna: Il Mulino, 1973, 109쪽 참조) 제노의 태도에 대한 그런 판단을 받아들인다는 것은 분명히 스베보의 태도에 대해서도 비슷한 견해임을 함축한다. 제노 코시니의 삶과 헥토르 슈미츠의 삶 사이의 독특한 일치에 대한 글도 참조해볼 수 있다.(Tullio Kezich, *Svevo e Zeno. Vite parallele*, Milano: All'insegna del pesce d'oro / 개정증보판인 제2판, Milano: Edizioni Il Formichiere, 1978) 마지막으로 제노의 성격과 캄푸스의 성격 사이의 마찬가지로 특이한 일치에 대한 연구로는 필자의 「알바루 드 캄푸스와 제노 코시니. 평행의 두 의식」(in *Studi filologici dell'Istituto di filologia romanza e ispanistica dell'Università di Genova*, Genova: Bozzi Editore, 1978, 149~162쪽)을 참조할 것. [원주]

4 Livia Veneziani Svevo. 스베보의 사촌으로 1896년 스베보와 결혼했다.

5 Livia Veneziani Svevo, *Vita di mio marito*, Trieste: Lo Zibaldone, 1958, p. 41. [원주]

6 "'잠정적인 선언서' / (리비아가 멋진 사본을 만들 때 / 갈기갈기 찢어질) / 에토레 슈미츠는 / 더이상 담배를 피우지 않겠다고 / 마지막으로 약속한다. / 4월 3일 / 오전 11시 / 1897년 / 이 날짜의 / 홀수 숫자는 / 0으로 끝나는 날짜보다 / 아마 더 유용할 것이다. / 찾아라, 결정하라, / 생각하라." [원주]

마지막 담배들의 발레였고, 리비아 베네치아니의 증언에 따르면 임종의 침상에서도 마지막 담배를 달라고 했다고 한다.

마찬가지로 페르난두 페소아가 담배를 좋아한 사실 역시 그가 나타난 멋진 이미지들에서도 그대로 재현된다.[7] 알마다 네그레이루스가 그린 탁월한 초상화 두 장에서도 커피 한 잔과 잡지 『오르페우』를 앞에 두고 검지와 중지 사이에 담배를 끼운 채 탁자에 앉아 있는 페소아의 모습이 그려져 있으며, 코스타 피녜이루의 아주 날카로운 최근 그림은 주위를 맴도는 갈매기 한 마리, 안경, 펜, 빨부리, 프로비조리우스 담배 한 갑과 함께 페소아를 묘사하고 있다.[8]

7 현재 알려진 얼마 안 되는 페소아의 사진은 대개 불붙인 담배를 든 모습이다. 그런 습관은 드 랑카스트르의 사진집에서 놀라울 정도로 자주 확인된다.(Maria José de Lancastre, *Fernando Pessoa. Uma fotobiografia*, Lisboa, 1981) 페소아 자신도 사적 메모에서 담배 애호를 여러 차례 인정했다. 다음과 같은 글을 인용해보자. "인류에게 지성적인 것으로 남은 것 안에 아직 남은 소수의 지성적 즐거움 중 하나는 추리소설을 읽는 것이다. ……그런 작가[코난 도일과 아서 모리슨] 중 한 사람의 책 한 권, 담뱃갑 속 마흔다섯 개비 담배 중 한 개비, 커피 한 잔에 대한 (그 삼위일체 중 하나가 나를 행복과 연결해주는) 생각은 행복으로 환원된다."(게오르크 루돌프 린트와 자신투 두 프라두 코엘류가 확정하고 서문을 붙인 페소아의 책: F. Pessoa, *Páginas Íntimas e de Auto-Interpretação*, Lisboa: Ática, 1966, p. 62) 하지만 최근 출판된 약혼녀의 증언을 잊지 말아야 한다. "페르난두의 빨부리도 갖고 있다. 그는 담배를 많이 피웠다. 빨부리와 담배. 손가락 끝도 노란색이었다. 나는 그를 많이 나무랐고 농담 삼아 그에게 말했다. '언젠가 그 빨부리에 쏘이고 말 거예요.' 그러고는 그것을 빼앗았다. 내가 하는 행동이나 말 모든 것에 그러했듯, 그는 무척 고마워하면서 나한테 그걸 달라는 말은 결코 하지 않았다. 지금도 그걸 갖고 있다."(다비드 모랑 페레이라가 편집하고 후기를 쓰고 각주를 붙였으며, 마리아 다 그라사 케이로스가 선별하고 서문을 붙인 페소아의 편지들을 모은 책: *Cartas de Fernando Pessoa*, Lisboa: Ática, 1978, p. 29) [원주]

8 그림 제목은 〈안경과 만년필, 담뱃갑, 빨부리와 함께 있는 페르난두 페소아 그 자신〉(1978)이다. 코스타 피녜이루가 새로운 다른 이름들의 특별한 모습을 담은 그림 〈그 자신이 아닌 페르난두 페소아를 위한 상상력〉이 수록된 『대담/미술*Colóquio/Artes*』 제40호(1979년 3월, 5~10쪽)와 또다른 피녜이루의 그림 〈시인 페르난두 페소아〉(München: Galerie Christoph Dürr, 1981)도 보라. [원주]

페소아의 개인적 기호와 나쁜 습관은 문학적 허구 가운데 등장인물 알바루 드 캄푸스에게 전이된다. 베르나르두 소아르스와 함께 알바루 드 캄푸스는 모든 다른 이름 중 유일하게 흡연이라는 나쁜 습관을 갖고 있다. 하지만 리스본의 회계사 보조 베르나르두 소아르스에게 담배란 특징적이긴 해도 분명히 실질적이지 않은 요소였다면("소아르스는 언제나 식사를 조금 했고 담배를 피우는 것으로 끝냈다"[9]) 글래스고에서 학위를 받은 선박공학자이지만 리스본의 실업자로 살아가는 궁핍한 댄디이자 아이러니한 아편 실험자이며 외알안경을 끼고 도발적인 선언서들을 쓰는 개성을 갖고 있던 알바루 드 캄푸스에게 담배는 분명히 단순한 풍자화 요소 이상의 무엇이었다. 그 이상의 무엇은 알바루 드 캄푸스의 매우 강렬하고 충만한 작품이자 아마 가장 탁월한 작품일 「담배 가게」에서 실질적인 중요성을 띤다.

의심할 바 없이 담배와 흡연이라는 일반적인 악습에 대한 아주 흥미로운 해석은 동의하든 동의하지 않든 지크문트 프로이트의 『성욕에 관한 세 편의 에세이』에서 제시되었다. 프로이트의 이론에 따르면, 빨기의 메커니즘을 토대로 하는 흡연 습관은 유아 단계의 집착, 소위 유아의 '구강기'를 극복하지 못한 것과 관련된다. 프로이트의 해석에 따라 수많은 이탈로 스베보 비평가들이 움직였는데, 그에 비해 무척 흥미롭게도 게오르게스 귄테르트[10]와 아르망 기베르의 일부 지적이고

9 마리아 알리에트 도르스 갈류스Maria Aliete Dores Galhos가 정리하고 서문을 쓰고 각주를 붙인 페소아의 『시집』: F. Pessoa, *Obra Poética*, Rio de Janeiro: Editora José Agular, 1960, XXXVI쪽. [원주]

10 Georges Güntert(1938~). 취리히 대학의 이탈리아 및 남유럽 문학 교수.

재빠른 지적을 제외하면, 페소아-캄푸스의 흡연 습관에 대한 만족할 만한 분석은 전혀 이루어지지 않았다.[11]

제노의 담배에 대한 프로이트적 해석들 중에서 적어도 두 가지 예를 인용해보자. 첫째는 에두아르도 사코네[12]의 해석인데, 대략 라캉의 입장에서 널리 확산된 정신분석의 매우 통속적인 주장들[13]에 상응하여 흡연 문제를 욕망의 측면에 놓고 바라본다. "더구나 그것[담배]은 필요의 대상이 아니라 욕망의 대상이기 때문에 소위 타자에 의해 금지되는 만큼 가치를 지니게 된다."(여기에서 강조된 타자는 주체에 대해 적대적인 힘들의 영역을 의미한다.) 사코네는 계속해서 말한다. 담배는 "남성성의 알레고리나 이미지가 아니라 하나의 기표다." 그리고 여기에서 아파니시스, 말하자면 자신의 욕망이 사라질 것에 대한 주체의 두려움으로서 제노의 행동에 대한 결론이 도출된다.

내가 보기에 사코네의 라캉적 해석보다 암시적인 것은, 기본적으로 정통 프로이트의 입장에서 스베보를 연구한 마리오 푸스코가 논문에서 제기한 분석이다.[14] 푸스코는 제노의 담배 문제가 세 가지, 즉 '강제적 욕구' '의례적 성격' '유아 발달 단계'에 속한다는 것을 증명한다.

11 G. Güntert, *Das fremde Ich. Fernando Pessoa*, Berlin-New York: Walter de Gruyter, 1971, p. 173; A Guibert의 서문이 실려 있는 F. Pessoa, *Bureau de tabac et autres poéms*, Paris: Editions Caractéres, 1955. [원주]
12 Eduardo Saccone(1938~2008). 이탈리아 비평가로 미국의 여러 대학에서 이탈리아 문학을 강의했다.
13 그중 하나의 예를 들자면 파울라 로빈슨의 분석이 있는데, 여기에서 문제는 '담배는 남근을 상징한다'는 등식으로 환원된다.(Paula Robinson, "Svevo: Secrets of Confessional," *Literature and Psychology*, n. 20, 1970, PP. 101~114) [원주]
14 Mario Fusco, *Italo Svevo. Conscience et Réalité*, Paris: Gallimard, 1973. [원주]

"이 소설에서 첫째 사실로 제시되는 끊임없는 흡연 습관은 '강제적 욕구'처럼 보이는데, 그 기원은 제노 자신이 말하듯 자신의 초기 유년기 및 자기 아버지와의 경쟁 관계와 연관된다." 푸스코는 계속해서 말한다. "날짜와 기념일을 두고 벌이는 제노의 유희는 그런 습관의 일부이자 신경과민 행동의 또 다른 특징적 측면이기도 하지만 마찬가지로 다른 여건들과 연관되기도 한다. 실제로 의례적인 성격이 요구되는 행동들을 통해 안심하고 싶은 욕구가 있는데, 이는 근본적으로 뿌리 깊은 제노의 망설이는 태도를 잘 이해하게 해준다." 마지막으로 제노를 "명명백백한 방식으로 지속적인 오이디푸스 상황 및 '아직 유아 발달 단계'에 대한 주인공의 집착"과 연결시키면서, 그 소설이 제노의 그런 신경과민 행동이 지닌 병인학적病因學的 설명을 제공해주고 있다고 결론짓는다.[15]

'유아 발달 단계에서의 집착'으로서 제노의 담배에 대한 이런 암시적인 해석은, 우리의 관심을 끄는 알바루 드 캄푸스의 시 텍스트들에 대한 고찰에도 훌륭하게 활용해볼 수 있다. 유년기에 대한 향수가 페르난두 페소아의 시적 충동의 실질적 중심이라는 사실은, 소위 '유년기로의 퇴행'이라는 주앙 가스파르 시몽이스의 직관적인 고찰을 비롯하여, 권위 있는 페소아 비평가들 대부분이 받아들이고 있는 사실이다.[16] 그리고

15 같은 책, 363쪽. 강조 부분은 필자가 표시한 것임. [원주]

16 João Gaspar Simões, *Vida e obra de Fernando Pessoa. História duma Geração*, Lisboa: Livraria Bertrand, 1973(새 서문과 참고문헌 목록이 딸린 새 개정판) 참조, 특히 91쪽 이하의 「세번째 사춘기」를 참조하기 바란다. 앞에서 인용된 Eduardo Lourenço, *Pessoa revisitado. Leitura estruturante do Drama em Gente* 참조, '유년기의 향수'에 대해서는 특히 104쪽 이하를 참조하라. [원주]

알바루 드 캄푸스에게 유년기에 대한 향수는 진정한 라이트모티프로서, 「돌아온 리스본」(1923), 「돌아온 리스본」(1926), 「승리의 송시」 「생일」이 그 가장 가슴 아픈 예들이다.[17]

하지만 '어떤' 유년기인가? 페소아의 유년기에 대한 충동은 유년기에 대한 향수와 관련하여 시인들의 중재를 통해서가 아니라 그의 구체적인 인물을 통해서 읽어야 한다는 에두아르두 로렌수의 견해에 나는 동의한다. 에두아르두 로렌수는 아주 섬세한 논증으로 어떻게 페소아가 "신성한 것들은 건드릴 수 없다는 의미에서" 스스로가 건드릴 수 없는 것으로 생각한 자신의 진정한 유년기를 되찾지 못해 그 대신 '다르게 보이는' 유년기, 그러니까 유년기의 원형, 허구의 유년기를 되찾고 싶어했는지를 밝혔다. 하지만 나는 페르난두 페소아의 유년기로의 퇴행이 원형적 유년기, 안심이 되는 아버지(분명 그의 시에서 일부 근본적인 점들을 이해하는 데 본질적인 것으로서 존재하거나 부재하는 그런 아버지)의 인물상이 존재하는 지상천국에 대한 향수로 끝나는 문제는 아니라고 생각한다.

사변적인 것/비사변적인 것의 대립으로 규칙적으로 반복되는 변증법 내의 두 극단 사이에서 길항하는, 캄푸스의 모든 시가 절망적으로 집요하게 지향하는 또다른 유년기가 있다. 즉 한편으로는 존재론적 분노, 현실에 고정된 시선이 있고, 다른 한편으로는 그런 의문에 대한 끝없는 피로, 사변적 지성을 버리고 절대적으로 생리적이며 감각들로 유능한("감

17 "오, 내 어린 시절과 똑같은 푸른 하늘,/공허하고 완벽한 영원한 진리!"(「돌아온 리스본」, 1923). "또다시 너를 보는구나,/두려워하며 잃어버린 내 어린 시절의 도시"(「돌아온 리스본」, 1926). [원주]

각적이고 유능한") 사변 이전의 지성이 지닌 적막하고 황량하며 위대한 평화에 의존하는 행복이 있다.

그러므로 유년기에 대한 캄푸스의 광폭한 향수는 다소 허구적이지만 어쨌든 언제나 떠올릴 수 있고 재구성할 수 있는 유년기로서, 기억 속에서 되돌아가는 것으로 투영될 뿐 아니라, 오히려 사변적 지성의 저주로 현실을 성찰함으로써 느끼는 불가피한 불행(혹은 말하자면 질병)에 아직 빠지지 않았던 시절의 기억할 수 없는 유년기로 감각적으로 되돌아가는 것으로도 투영된다.

"내 생일을 축하해주던 시절, / 나는 행복했고 아무도 죽지 않았다." 커다란 행복, 완벽한 건강함의 단계는 바로 '그' 유년기, 정의상 기억할 수 없는 유년기다. 왜냐하면 이는 그에 대한 기억을 가질 수 없을 때는 단절되고, 이성적인 기억들이 조직되는 단계보다는 선행하며, 추론의 '질병'에 오염되지 않은 채, 즉 캄푸스에게서 "아, 신비가 되는 이 유일한 현실 앞에서 / 하나의 현실이 있다는 그 끔찍하고 유일한 현실 앞에서"[18] 하고 외치도록 만든 존재론적 고뇌에 오염되지 않은 채, 오직 미각, 후각, 청각, 시각 단계에서만 살아 있는 유년기이기 때문이다.

"내 안에 있는 것은 특히 피로다." 캄푸스의 시들은 피로로 가득하다. 아니, "피로는 아니다…… / 내가 존재하고 있으며 세상도 그렇다는 사실이다." 그리고 밤, 잠, 밤과 잠에 대한 욕망, 밤과 잠에 대한 호소로 가득하다.

18 F. Pessoa, *Obra Poética*, p. 370.(순수한 생리적 행복으로서 유년기에 대한 암시는 니체의 『비극의 탄생』에서 유래한다.) [원주]

Dormita, alma, dormita!
Aproveita, dormita!
Dormita!
É pouco o tempo que tens! Dormita!
É a véspera de não partir nunca![19]

졸아라, 영혼이여, 졸아라!
기회를 활용하여
졸아라!
네게는 시간이 별로 없다, 졸아라!
절대로 떠나지 않는 밤샘이다!

O sono que desce sobre mim,
O sono mental que desce fisicamente sobre mim,
O sono universal que desce individualmente
sobre mim.[20]

내 위로 내려오는 잠,
물리적으로 내 위로 내려오는 정신적 잠,
개인적으로 내 위로 내려오는 보편적인 잠.

Não estou pensando em nada,
E essa coisa central, que é coisa nenhuma,
É-me agradável como o ar da noite.[21]

19 같은 책, 360쪽. [원주]
20 같은 책, 366쪽. [원주]
21 같은 책, 365쪽. [원주]

나는 아무것도 생각하지 않는다.
그리고 아무것도 아닌 이 중심적인 것은
밤공기처럼 나에게 유쾌하다.

No fim de tudo dormir……[22]

결국에는 잠자는 것……

캄푸스에게 잠이라는 도피처는 아마 "이 오래된 고뇌/내 안에 오랜 세월 동안 갖고 있던 이 고뇌"[23]를 잊기 위한 유일한 방법이었을 것이다. 아니면 방문을 닫자 "복도의 슬리퍼 소리가 그친" 이 "값싼 우주"에서 "생각의 감옥"[24]으로부터 도피할 방법이었을 수도 있다.

하지만 현실의 무의식을 구성하는 몽상적 세계와, 똑같은 현실에 대한 견딜 수 없는 의식을 대변하는 캄푸스의 지나치게 명석한 불면의 세계 사이에는, 세번째 단계가 존재한다. 그것은 순수한 감각으로서 세계에 대한 현상적 지각 단계이며, 모든 현실이 행복하고 생리적인 '구강 만족'으로 요약될 때의 유년기 단계다. 그것은 뒤이어 볼, 알바루 드 캄푸스가 담배를 피우면서 다시 들어오는 "아무것도 이해하지 못하는 충만한 건강"이 나타나는 그런 유년기의 세계다.

하지만 알바루 드 캄푸스 씨는 얼마나 오래되고 확고한 경험을 가진 끽연가였던가! 그의 '흡연실' 출입은 「아편 판매소」 시절부터 지속되었다.

22 같은 책, 368쪽. [원주]
23 같은 책, 356쪽. [원주]
24 같은 책, 382쪽. [원주]

Não chegues a Port-Said, navio de ferro!
Volta à direita, nem eu sei para onde.
Passo os dias no smoking-room com o conde—,
Um escroc francês, conde de fim de enterro.[25]

포트사이드[26]에 도착하지 마라, 철선鐵船이여!
오른쪽으로 돌아라, 어디로 갈지 나도 모른다.
나는 백작과 함께 '흡연실'에서 하루를 보낸다.
프랑스 사기꾼, 장례식 행렬의 끝에 설 백작과 함께.

「아편 판매소」는 아이러니의 목록을 토대로 하여 실제보다 이전 날짜로 쓴 시이며, 거기에 나타나는 등장인물은 단지 관념적으로만 알바루 드 캄푸스의 최초 이야기에 속한다고 반박할 수도 있다. 하지만 만약 페소아가 강렬한 애연 습관을 무의식적으로 주인공에게 부과한 거라면, 그것은 분명 어떤 의미를 갖고 있을 것이다. 「아편 판매소」의 캄푸스, 권태롭고 무감각하며 이국 취향을 좋아하는 댄디가, 분명 '성숙한' 캄푸스가 지녔을 법한 고뇌를 느끼고 있지는 않다. 그의 인물상은 오스카 와일드와 비슷한 퇴폐주의 시인의 자로 측정된 것이며, 그의 특징이 되는 섬세한 '우울'은 리스본에서 실업자로 사는 공학자의 형이상학적 차원에는 아직 도달하지 못했고, 완전히 실존적이며 약간은 쓸모없는 최첨단의 우울이다. 「아편 판매소」의 알바루 드 캄푸스는 자신의 문제가 무엇인지 "이미 알고 있지만" 아직 거기에 신경쓰고 있는 건 아

25 같은 책, 257쪽. [원주]
26 이집트 동북부, 수에즈 운하 북쪽 끝 지중해 연안에 위치한 항구 도시.

니라고 할 수 있다. 그저 담배를 피우면서 하루를 보내고("나는 담배를 피우고, 이것저것을 마시며 하루를 보낸다. / 멍하게 만드는 미국 마약들") 삶의 맛은 담배 맛 속에서 용해된다.

> Ah que bom que era ir daqui de caída
> Pra cova por um alçapão de estouro!
> A vida sabe-me a tabaco louro.
> Nunca fiz mais do que fumar a vida.[27]

> 아, 속임수로 뚜껑문을 통해 무덤 속으로
> 여기에서 곧바로 떨어지면 얼마나 좋겠는가!
> 삶은 황금빛 담배의 맛을 낸다.
> 나는 단지 삶을 담배처럼 피우기만 했다.

그런데 '성숙한' 캄푸스에게 담배는 전혀 다른 기능을 하는 것 같다. 담배는 더이상 상징적으로 댄디에 의해 낭비된 삶, 불타버린 나날들의 이미지가 아니라, 하나의 방어이자 해독제다. 날짜가 적혀 있지 않지만 캄푸스의 후기 시로 추정되는 어느 시는, 캄푸스가 담배를 활용하는 목적을 도발적인 방식으로 명백히 보여준다.

> Gostava de gostar de gostar.
> Um momento…… Dá-me de ali um cigarro,
> Do maço em cima da mesa de cabeceira.
> Continua…… Dizias
> Que no desenvolvimento da metafísica

27 같은 책, 259쪽. [원주]

De Kant a Hegel
Alguma coisa se perdeu.
Concordo em absoluto.
Estive realmente a ouvir.
Nondum amabam et amara amabam (Santo
Agostinho).
Que coisa curiosa estas associações de idéias!
Estou fatigado de estar pensando em sentir outra
coisa.
Obrigado. Deixa-me acender. Continua. Hegel……[28]

나는 즐기는 것을 즐기기를 즐겼다.
잠깐만…… 저기에서 담배 하나 줘.
침대 옆 탁자에 있는 담배 말이야.
계속해…… 너는 말했지.
칸트에서 헤겔에 이르기까지
형이상학의 발전 과정에서
무언가 상실되었다고 말이야.
나도 절대적으로 동의해.
나는 진정으로 듣고 있었다.
"나는 아직 사랑하지 않았지만 사랑한다는 것을
사랑했다."(성 아우구스티누스)
이런 관념들의 연상은 얼마나 우스꽝스러운가!
나는 다른 것을 듣는다는 생각을 하는 것이 피곤하다.
고마워. 잠시 불을 붙일게. 계속해. 헤겔은……

28 같은 책, 368쪽. [원주]

알바루 드 캄푸스는 형이상학을 증오하고(아니면 진지하게 받아들이지 않고), 그의 태도는 강한 아이러니를 보여준다고 말하고 싶은 유혹이 들 것이다. 하지만 그것은 분명히 단순화에 불과하다. 차라리 캄푸스는 '형이상학을 증오하는 형이상학적 시인이다'라고 말하는 편이 나을 것이다. 비록 "세상에는 초콜릿 외에 다른 형이상학이 없지만,"[29] 거부당한 방랑자이며 다락방에 살지 않아도 언제나 '다락방 사람'이 될 공학자 알바루 드 캄푸스는 꿈꾼다. "온 사방 카페 구석들에서 잊힌 형이상학들 / 다락방 채광창에 숱하게 금이 간 외로운 철학들, / 수많은 우연에서 나온 우연한 관념들, 아무것도 아닌 수많은 자가 지닌 직관들이—/ 어쩌면 어느 날, 추상적인 액체와 그럴듯하지 않은 실질 속에서 / 신神을 만들고 세상을 차지할 수 있을지 모르지"[30]라고 말이다.

캄푸스가 아이러니하게 담배와 비교하고 있긴 하지만 실제로 갖고 있으며 실행하는 형이상학은, 바로 그에게 "실천적이고, 일상적이고, 산뜻하며 / 삶에서 한자리를 차지하고, 사람들 사이에서 운명을 갖고, / 작업, 힘, 의지, 채소밭을 갖는"[31] 것을 금지시키는 그런 '속성'이다. 또한 그것은 바지 호주머니에 잔돈을 넣으면서 담배 가게에서 나오는 "형이상학이 없는 에스테베스"와 그를 구별해주는 것이기도 하고, 또한 "외부 현실로서" 실천적인 에스테베스가 분명히 다시 들어갈 길 건너편 담배 가게에 대한 '충실함'과 대립되는 "내부 현실로서 모든 것이 꿈이라는 느낌"이기도 하다.

29 같은 책, 325쪽. [원주]
30 같은 책, 322쪽. [원주]
31 같은 책, 302쪽. [원주]

「담배 가게」의 나머지 모든 것은 그 두 대립의 변증법으로 나뉜다. 한편에는 길 건너편 담배 가게로 상징되는 현상세계에 대한 수용 욕망이 있고, 대립되는 다른 한편에는 '외부 현실'에 대한 시인의 사색이 있다. 또는 다른 공식화로, 현실 자체에 대한 질문에서 나오는 형이상학적 전율과 이에 대립되는 현상적 현실 수용에서 나오는 '자연적 건강함'이 있다.

하지만 도대체 무엇 때문에 순수한 현상이 담배 가게로 상징되었을까? 무엇 때문에 단순하고 명백하게 물리적이고 형이상학이 없으며 고유의 물리적 성격 자체로 끝나는 현실의 이미지를 다름 아닌 담배 가게가 전달하고 있는가? 이는 우연의 일치라고 대답할 수 있는데, 페르난두 페소아가 일하던 사무실 중 하나가 위치한 프라타 거리 모퉁이의 맞은편 헤트로세이루스 거리에—나중에 문을 닫긴 했지만—한때 '아바네자 두스 헤트로세이루스'라는 담배 가게가 있어서, 페소아의 눈길이 거기에 닿곤 했었다는 전기 작가들의 증언을 제시해볼 수 있다.[32] 하지만 페소아가 단골로 드나들던 카페와 식당들을 비롯하여 알바루 드 캄푸스와 베르나르두 소아르스가 자주 묘사한 리스본 바이샤 지구의 가게들과 이발소들에 이르기까지 얼마나 많은 가게가 페소아의 눈길 아래에 있었겠는가?[33] 하지만 우연한 공간적 인접성으로 인한 순수한 우연으로 형이상학이 없는 현실을 상징하도록 담배 가게를 채

32 Luís Pedro Senna Moitinho de Almeida, *Algumas notas Biográficas sobre Fernando Pessoa*, Setúbal, 1954, p. 28. [원주]

33 알바루 드 캄푸스와 베르나르두 소아르스가 좋아하던 장소들에 대해서는 앞에서 인용한 마리아 조제 드 랑카스트르의 「페르난두의 장소들 순례. 페소아의 리스본」 참조. [원주]

택했다기보다, 비록 의도를 넘어서는 필연이지만 나는 '필연적' 선택이었을 거라는 가설을 제시하고 싶다. 캄푸스는 전형적인 프로이트적 말실수Lapsus와 함께 다른 가게가 아닌 바로 그 담배 가게를 '강제적으로' 선택하게 된 셈인데, 바로 거기에서 비록 미처 고려하지는 않았다 할지라도 자신의 형이상학적 고뇌를 '중화'시키기 위해 자기가 일상적으로 사용하는 제품, 즉 담배를 팔고 있었기 때문이다.

여기에서 나는 텍스트의 마지막 부분을 검토하고 싶은데, 바로 거기에서 결정적인 전환과 해결책이 확인되기에, 시에서 근본적인 중요성을 갖는 것처럼 보이는 구절이 그 부분이다. 화자의 고뇌는 절정에 이르고 긴장감은 최대가 된다. '외부 현실'에 대한 성찰 후에("나는 창문으로 다가가 절대적인 선명함으로 거리를 본다. / 가게들을 보고, 인도들을 보고, 자동차들이 지나가는 것을 보고, / 옷을 입은 살아 있는 존재들이 서로 스쳐가는 것을 보고, / 개들도 역시 존재하는 것을 본다, /이 모든 것이 추방 선고처럼 나를 짓누른다, / 이 모든 것이 다른 모든 것처럼 이질적이다") 그리고 '내부 현실로서 꿈' 말하자면 시의 쓸모없음에 대한 성찰 후에("무용한 내 시의 음악적 본질, / 내가 만들어낸 것으로서 혹시 너를 만날 수 있다면"), 현실과 꿈 둘 다 똑같다는 황량한 결론과 함께(담배 가게 주인은 간판을 떠날 것이고, 시인은 시를 떠날 것이다) 우리는 갑자기 부조리의 차원으로 내던져지게 된다. 우리는 알바루 드 캄푸스와 함께 세상의 의미를 감추고 있던 천이 찢어지는 광경을 목격하게 되고, 우주는 시들과 간판들을 무한하게 생산하며 기계적으로 돌고 있다는 것을 깨닫게 된다. 유일한 '의미'는 다른 상자들을 담고 있다는 것에 있는 역설적인 상자들 놀이처럼 말이다. 하지만……

> Mas um homem entrou na Tabacaria (para comprar tabaco?)
> E a realidade plausível cai de repente em cima de mim.
> Semiergo-me enérgico, convencido, humano,
> E vou tencionar escrever estes versos em que digo o contrário.

> 하지만 한 남자가 담배 가게로 들어갔다. (담배를 사기 위해?)
> 그리고 그럴듯한 현실이 갑자기 내 위로 무너진다.
> 나는 힘차게, 확신 있게, 인간적으로 몸을 반쯤 일으키고,
> 그 반대를 말하는 이 시를 쓰려고 생각한다.

이 구절을 시작하는 역접 접속사는 무엇을 의미하는가? 분명하게 설명할 수 없고 비평에서 언제나 논평 없이 받아들이는 이 '하지만'은 무엇 때문인가? 무엇 때문에 그런 갑작스러운 기분 변화, 엄청난 울적함에 대한 이전의 성찰 뒤에 캄푸스가 힘차고 확신 있게 인간적으로 몸을 일으키는 그런 돌발적 변화가 나타나는가? 무슨 일이 일어났는가?

일련의 순간들의 연쇄를 통해 알바루 드 캄푸스에게서 일어나는 과정을 묘사해보자.

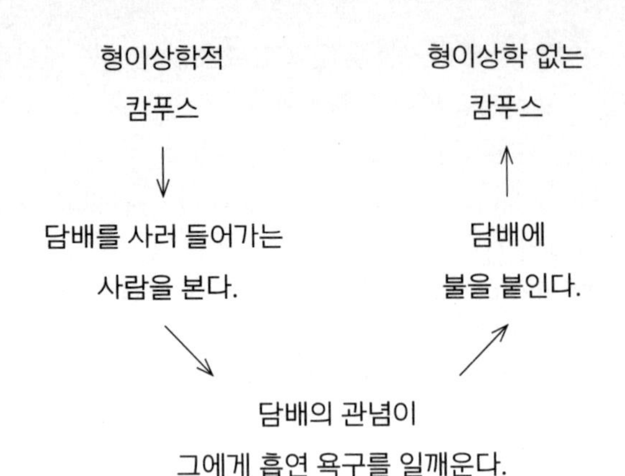

마법은 완성되었다.

Acendo um cigarro ao pensar em escrevê-los
E saboreio no cigarro a libertação de todos os
pensamentos.
Sigo o fumo como uma rota própria,
E gozo, num momento sensitivo e competente,
A libertação de todas as especulações
E a consciência de que a metafísica é uma
consequência de estar mal disposto.

그 시를 쓰려고 생각하면서 담배에 불을 붙이고,
담배에서 모든 생각의 해방을 음미한다.
나 자신의 항로라도 되는 듯 담배 연기를 뒤따르며,
나는 맛본다, 감각적이고 유능한 순간 속에서
모든 내 사변으로부터의 해방을,
형이상학은 편안하지 않음의 결과라는 그 의식을.

스베보에게 흡연은 그의 '개구리들'을 조용하게 만드는 수단이었고, 제노에게는 유아 발달 단계와 관련된 충동적인 욕구였던 것과 마찬가지로, 캄푸스에게 담배는 지성의 차원에서 작용하여 그를 순수하고 생리적인 구강 만족의 단계와 연결시키고, "비인간적인 것을 느끼지 않는" 충만한 건강이 있던 사변 이전의 상황과 연결시킨다. 여기에서 캄푸스는 자신에게 재구성되는 이상도 없고 희망도 없는 우주와 함께 자신도 형이상학이 없는 에스테베스, 실천적이고 일상적이고 산뜻하며 채소밭을 가질 수 있는 사람, '정상적인' 사람이 된다. 다만 그 '정상적인 상태'는 담배 한 개비가 주는 '감각적이고 유능한' 순간 동안만 지속된다.

연애편지들에 대해

> 당신은 내게 커다란 영향력을
> 갖고 있어요. 그만둡시다.
> 나를 분명한 것을 할 수 있는
> 사람으로 바꿔줘요.
> —카프카, 「펠리체 바우어에게
> 보내는 편지」에서

캐러멜 상자 속에 숨긴 쪽지로 햄릿이 오필리아에게 선언하는 것에 대한 패러디와 난센스 같은 말장난식의 피날레 사이에 있는 이 매우 비밀스럽고 순결한 사랑, 너무나 낙관적으로 어린애 같고 동시에 너무나 희망 없는 사랑은, 아마 정말로 진정하고 위대한 사랑들처럼 우스꽝스러운 것과 숭고한 것이 함께 들어 있지 않았다면 우스꽝스럽게 보였을 것이다.

여기에서는 작품 계획 속에 숨어 있는 전체주의적이고 무자비한 메피스토펠레스 때문에, 편도선염 환자이며 리스본 수출입 회사의 사무원인 외투 차림의 파우스트는 지성적이며 약간은 혼란스러운 연약한 마르가레테를 거래할 수밖에 없게 된다.(“더구나 내 삶은 문학작품 주위를 돌고 있어요. 그것이 훌륭하든 초라하든, 아니면 어떤 것이든 말입니다. 삶의 나머지 모든 것은 나에게 부차적인 것이에요.”) 카프카가

1912년 펠리체 바우어에게 보낸 편지를 떠올리지 않을 수 없다. "언제나 그랬듯이 내 삶은 근본적으로 글을 쓰려는 노력으로 이루어져 있습니다. ……삶에 대한 나의 태도는 오직 글쓰기 관점에서 조직되고, 만약 변화가 있다면 가능한 한 작가에게 더 잘 부합하도록 변화하는 것입니다. 왜냐하면 시간은 짧고, 능력은 보잘것없고, 할일은 엄청나고, 집은 시끄럽기에, 멋지고 올바른 삶으로 실행할 수 없을 때에는 술책으로 거기에서 벗어나야 하기 때문이지요."

또한 그런 선택은 명백한, 아마도 약간은 진부한 대체Ersatz일 것이라고 생각하지 않을 수 없다. 페소아는 단순히 사랑을 '선택할 수 없었기' 때문에 문학을 선택한 것이다.

하지만 모든 페소아 독자는 알고 있다. 마치 사무원'인 것처럼' 사무원으로서의 삶을 살았고, 자기 자신을 마치 다른 사람'인 것처럼' 다루었고, 마치 다른 사람의 시'인 것처럼' 자신의 시를 쓴 인물에게는 명백함과 진부함이 얼마나 부적절한 범주 구분인지를. 너무나도 완벽하게 사악한 취향에다 너무나도 확정적으로 '정상적인' 퇴락한 감상주의는 정말로 명백하다고 하기에는 너무나도 명백한 명백함을 이 편지들에 부여한다. 그것은 이 편지들이 우리에게 전달하는 첫번째 의혹이자 동시에 첫번째 불편함이다. 이 순진하고 어리석은 편지들 저변에 말할 수 없이 해롭고 부도덕한 것이 몰래 흐르고 있다는 듯 말이다. 이 편지들에는 명백함이 없지만, 플라톤적이고 강조 문자로 쓴 명백한 것, 그 심오한 구조, 편지 형식으로 드러나는 한 모델의 현상학, 즉 사랑의 위협적일 만큼 어리석은 코드가 있다.

그런 사랑은 스탕달의 마음에 들지 않았을 것이다. 그의 논고에서 고려될 만한 역사적 함축이나 사회적 내포가 너무 빈약한 사랑이니 말이다. 하지만 만약 이 편지들을 부바르와 페퀴셰[1]가 보았다면, 그 '어리석음'의 두 형이상학자는 아마 만족스럽게 자기들이 좋아하는 표현대로 "이 모든 것으로 무엇을 할까? 생각하지 말자! 그냥 베끼자!" 하고 말했을 것이다. 더구나 페소아는 플로베르에게 커다란 선택적 호감을 보여주었다. 그 역시 방 안에 틀어박혀 창문 뒤에서 세상을 훔쳐보는 "집안의 천치idiot de la famille"[2] 출신으로, 삶은 "단지 피해갈 수만 있다면 견딜 만하다"라고 온당히 선언할 수 있었을 것이다. 그의 작품, 특히 알바루 드 캄푸스의 정말로 괴로운 시 「시간의 흐름」과 「담배 가게」가 그 증거다. 바로 그렇기 때문에 이 편지들을 읽는 것은 고통스럽고 무익한 죄가 주는 불편함을 느끼게 한다. 마치 자신이 확신하지 않는 무언가를 극단적인 확신을 갖고 해보고 싶어하는 사람처럼, 아무 쓸모도 없는 독창적이고 완벽한 기계처럼 말이다. 왜냐하면 그와 마찬가지로 1920년대 리스본 수출입 회사에서 사무원으로 일하던 오펠리아 케이로스 양에게 연애편지들을 쓰고 연애 관련 이야기를 직접 겪게 하는 임무를 페소아가 바로 자기 자신인 다른 사람에게 위임했으며, 자신은 바로 자기 자신이자 자기 자신의 편지들을 베끼고 있는 자신의 부바르와 페퀴셰를 바라보고 있다고 생각하도록 유도하고 있기 때문이다. 페

1 플로베르의 미완성 유작 『부바르와 페퀴셰』의 두 주인공. 플로베르는 이 작품에다 '인간의 어리석음에 관한 백과사전'이라는 부제를 붙였다.
2 사르트르가 플로베르를 연구하면서 집필한 미완성 전기비평서 제목.

소아 전체가 '~인 것처럼'이라고 루차나 스테가뇨 피키오[3]는 썼다. 이 편지들 역시 나름대로 '~인 것처럼'이다.

하지만 분명히 '~인 것처럼'도 고통을 준다. 그리고 아마 즐거움도 줄 것이다. 마치 인공기관처럼 말이다. 또한 연관되는 말단기관의 감수성과 동조를 요구한다. 그러니까 그것과 똑같은 원리를 갖추고, 똑같은 메커니즘을 갖고 있으며, 아마 재료도 똑같을 것이다. 자신의 '~인 것처럼'을 사는 페르난두 페소아도 분명 '그 역시' 페르난두 페소아다. 그의 '~인 것처럼'의 빈약한 이야기를 뒤따라가면 우리는 "페소아가 언제나 있었던 미궁의 그 너머 층, 그 너머 표면"[4]을 찾게 될 것이다.

이 편지들은 우리에게 무엇을 말해주는가? 우선 시간표들에 대해 말하고 있다. 이는 소박한 사무원으로서 자기 생활을 변함없는 메트로놈에 맞추었던 사람에게는 충분히 그럴듯해 보일 수 있다. 하지만 이 편지들에서 시곗바늘의 존재는 단순한 시간 측정을 위한 것이 아닐 수 있는 만큼 강박적인 것이다. 페소아는 대단한 신경증 환자들이 그러하듯 진부한 것을 대단한 것으로 만드는 능력을 언제나 갖고 있었다. 그에게 있어 버릇은 틱이 되었고, 틱은 열광이 되었고, 열광은 강박관념이 되었다. 그리고 강박관념은 어두운 구역, 아주 작은 일상적 심연들, 친밀하고 호주머니에 넣을 수 있지만 그렇다고 해서 덜 위협적인 것도 아니고 덜 강력한 것도 아닌 토템

3 Luciana Stegagno Picchio(1920~2008). 이탈리아 출신의 문헌학자로 특히 포르투갈과 브라질 문학을 연구했다.
4 편지들의 출판을 주도한 다비드 모랑 페레이라가 포르투갈어판에 실린 탁월한 평론에서 그렇게 말했다. [원주]

과 관련된 것이었다. 또한 집요하게 그의 사진을 요구한 아주머니에게 바친 헌사에서 정의하듯, 사진 즉 "자기 자신의 잠정적 이미지"에 대한 공포와 거부감에 대해서도 말해주는데, 그것은 분명 캄푸스의 시에 언제나 수반되는 '눈에 보이는 현실'에 대한 고뇌와 공통점을 갖는다. 마지막으로 그 편지들은 한 장소에 있으면서 다른 장소에 있을 때에 대해 생각하는 정신분열증의 기준에 의해 부과된 사랑/배회라는 특이한 이항식의 결합에 대해 말해준다. 그것은 노정들을 추적하고, 그 여정을 상상하고, 아방가르드주의자 캄푸스와 퇴폐적 필경사 베르나르두 소아르스의 대표적인 리스본(바이샤 지구)에 그것들을 등록시켜 도로와 광장, 골목길, 항구의 부두, 전차 정류장으로 이루어진 빽빽한 그물망 같은 지도[5]에 그 노정들이 표시되도록 강박적으로 그를 몰아세웠다. 마지막으로 나르키소스처럼 자신을 사랑하기 위해 사랑받는 것에 대한 자기 투영이 있는데, 마치 히카르두 헤이스의 시구를 듣는 듯하다.

Ninguém a outro ama, senão que ama
O que de si há nele, ou é suposto.

누구도 다른 사람을 사랑하지 않는다. 단지
그 사람에게 있거나 또는 있다고 추정되는 자기 것만
사랑한다.

5 페소아(특히 캄푸스와 소아르스)가 좋아하는 장소들에 대한 암시적인 안내서로는 앞에서 인용된 마리아 조제 드 랑카스트르의 「페르난두의 장소들 순례. 페소아의 리스본」 117~135쪽 참조. [원주]

페르난두 페소아는 오펠리아에게 있는(또는 있다고 추정되는) 자신의 무엇을 사랑했을까? 바로 자기 자신인 어린아이, 초자아의 검열을 피하고 가장 뻔뻔스러운 자신의 벌거벗음 속에 드러난 가장 절박한 유년기를 사랑했던 것이다. 그것은 유년기의 더듬거림, 엄마의 부드러운 토닥거림에 대한 욕망, 품에 안기고 싶은 욕망, 현실에 대한 판단이 어른들에게 위임된 세계에 대한 질투-향수를 의미한다.

분명 그 관계는 평생 지속되는 사랑이 대체로 그러하듯 상당히 신경증적이고 편집증적인 관계였다. 즉 자유분방하고 휩쓸어버릴 듯한, 완전히 허리에 기반을 둔 종류의 열정과는 정반대되는 것이었다. 아니, 그것은 결혼이 아닌 결혼이었고, 결혼처럼 습관, 예의, 헌신, 불행함으로 부양되는 관계였다. 아무것도 휩쓸어가지 않았고, 아무것도 자유롭게 하지 못했으며, 아무것도 생산하지 않았다. 신방新房과는 상관없이 단지 결혼의 순수한 '관념' 또는 순수한 '구조'로만 끝났다. 하지만 그렇다면 성性은 여기에서 무슨 역할을 하는가? 페소아에게는 자기 본명의 시에서 이론화한 것처럼, 실천 차원에서의 실현이 아닌 것이 사랑의 본질이었다.

O amor é que é essencial.
O sexo é só um acidente.
Pode ser igual
Ou diferente.
O homem não é um animal:
É uma carne inteligente,
Embora às vezes doente.

사랑은 본질적인 것.
성은 단지 우발적인 것.
똑같거나, 아니면
다를 수 있다.
인간은 동물이 아니다.
지성 있는 육체다,
비록 때로는 병들지라도.

그리고 "우발적인 것"은 확인되지 않았다. 그런 우발성은 이 편지들이 명백히 보여주는 이런 유형의 사랑에는 금지되어 있었다고 추정해볼 수 있다. 그런데 무엇 때문에 인간 페소아에 대해 말하는가? 여기에서 장난하는 사람은, 비록 그런 이름으로 불릴지라도(아니면 바로 그일지라도), 그의 많은 또 다른 자아 중 하나이며, '이중적인' 그와 꼭 닮은 사람이다. 그 어느 때보다 자기 자신의 등장인물로서 그는 리스본의 오래된 카페 탁자에서 연애편지를 쓰고 문학 안에서 삶을 살아가는, 말하자면 캄푸스, 헤이스, 카에이루, 그리고 기타 다른 이름들처럼 삶의 핵심적 본질이 되는 삶, 자신의 '코드'를 살아가는, 본명으로서의 그 페소아다.[6]

그러므로 이 편지들의 핵심은 페소아의 모든 시가 그렇듯 허구의 문제, 말하자면 다른 이름의 문제다. 그럴 수밖에 없

6 오펠리아에게 보낸 편지들에 수반되는 '허구'의 문제는 세아브라의 글에서 아주 섬세하게 분석되었다. José Augusto Seabra, "Amor e fingimento. Sobre as 'Cartas de Amor de Fernando Pesso,'" *Persona* n. 3, Porto: Centro de Estudos Pessoanos, Porto, 1979, pp. 77~85. [원주]

는데, 왜냐하면 페소아의 '진정한 허구'는 그 스스로의 섬세한 구별에 따르면 단지 문학적 차원만이 아니라 현실에 대한 태도이며, 또한 문학이나 삶에서 아무런 구별 없이 사용되었기 때문이다. 진정하고 고유한 다른 이름들의 존재는 여기에서 주로 알바루 드 캄푸스로 환원되는데, 오펠리아가 증언한 바에 따르면 "페르난두는 카에이루, 헤이스, 소아르스에 대해서는 거의 말하지 않았다." 실제로 크로스 씨의 존재도 있는데, 그는 십자말풀이를 연상시키는 이름답게 십자말풀이 선수로, 런던의 『타임스』에서 상금을 내건 수수께끼 대회에 참가하면서 평생을 보냈다. 하지만 그의 출현은 두 연인 사이에 전혀 방해가 되지 않았다. 아니, 오히려 행복한 상상 속에서 혹시라도 대회에서 상금을 탄다면 물질적 도움을 주겠다고 위로하고 보호해주는 인물이었다. 반면, 언제나 학위 명칭으로 부르며 모순적인 정중함으로 대하는 공학자 알바루 드 캄푸스의 존재는 완전히 다르다. 그의 존재는 곧바로 오펠리아와 페르난두의 연애사 사이로 끼어들었고, 즉각 판단과 행동, 참여를 요구했다. "내 필체가 약간 이상하다고 놀라지 말아요." 페르난두는 13번 편지에서 당부한다. 그리고 두 가지 이유, 즉 편지지의 질과 자신의 술 취한 상태를 들어 그런 이상함을 정당화한다. 그런 다음 세번째 이유가 있다고 덧붙이는데, 그것은 바로 "셋째 이유는 단지 두 가지 이유만 있고, 따라서 세번째 이유는 전혀 없다"는 것이란다. 이것은 캄푸스의 전형적인 모순어법으로, 그는 괄호 안에서 그런 역설적인 주장을 한다.[7]

7 세번째 이유가 없다고 말하는 문장 끝에서 괄호 안에다 '공학자 알바루 드 캄푸스'라고 밝히고 있다(이 책의 부록에 실린 편지 185쪽 참조).

하지만 겉보기에 이유 없는 것에 내포되어 있는 진정한 이유, 다른 이름들에 따라 필체를 바꾸는 페소아의 습관을 잊지 말아야 한다. 바로 그 안에 필체의 이상함(차이로 이해하기 바란다)이 있다.

다만 무엇 때문에 주요 다른 이름들 가운데 알바루 드 캄푸스가 페르난두의 사랑에 끼어드는 운명에 처하게 되었는지에 대해서는 알아야 할 것이다. 분명히 그는 여타 다른 이름들이 누리지 못한 특별한 지위를 누렸다. 알베르투 카에이루는 시골의 나이든 고모할머니 집에서 평생을 보낸 뒤 1915년 아주 젊은 나이에 죽었다. 히카르두 헤이스는 군주제를 지지했기 때문에 일찌감치 포르투갈을 떠나 브라질로 망명했고 다시는 돌아오지 않았다. 무직인 조선공학자 알바루 드 캄푸스는 평생을 페소아와 함께 살았고, 똑같은 장소들(바이샤 지구, 항구의 부두, 아르누보 카페, 헤트로세이루스 거리의 상점과 담배 가게 등)을 사랑하여 자주 찾았으며, 페소아가 글쓰기를 중단했을 때 함께 중단했다. 말하자면 그와 함께 죽었다. 하지만 알바루 드 캄푸스의 성격과 관련한 조르즈 드 세나의 날카로운 지적, 즉 다른 이름들을 통틀어 유일한 동성애자라는 사실도 고려해야 한다고 생각한다. 만약 그런 관찰이 정확하다면, 말하자면 만약 캄푸스가 페소아에 의해 의식적으로든 무의식적으로든 '방해' 요소로 선택되었다면, 사랑 이야기에서 그의 역할은 상당히 복잡해진다. 왜냐하면 비록 목표는 다르지만 전통적인 사랑의 삼각관계에서 어떤 식으로든 그는 제삼자가 되기 때문이다. 더구나 오펠리아는 그녀의 지성과 감수성으로 캄푸스가 위협적이고 적대적인 존재임을 직감했다. 페르난두는 캄푸스에 대한 그녀의 반감을 여러 번 나무라며 불평했다. 캄푸스가 "니니냐[8]를 많이, 아주 많이 좋아하는데도"(26번 편지) 그런다고 말이다. 물론 그것은 아방가르드주의자 공학자의 열정답게 짧은 기간 지속된 열정이었다. 한 달 전에 페르난두가 이렇게 타이르면서 편지를 끝낸 것을 보면 그렇다. "귀여운 당신, 눈물을 닦아요! 대개 언제나 당신에게 반대만 하던 내 오랜 친구 알바루 드 캄푸스가 오늘은 당신 편을 들고 있어요."(22번 편지)

캄푸스의 존재는 곧 위압적인 것이 되었고 심지어 페르난두를 몰아내고 그 자리를 차지하려고 했다. 35번 편지에서 페르난두는 '치유될 수 없는 두뇌' 위로 엄습하는 검은 파도에 저항할 치유책을 찾기 위해 정신병원에 입원하려는 계획을 오펠리아에게 고백하고, 농담 섞인 표현으로 작별 인사를 하면서 분명히 심각하고 혼란스러웠던 사건을 축소시키려 노력한다. 하지만 재치 있는 표현의 어조도 통제 불능의 '놀이'에 대한 두려움을 더이상 감춰주진 못한다. 1920년 10월 첫 번째 이별 전날, 이렇게 말한다. "결국 뭐가 문제였느냐고요? 내가 날 알바루 드 캄푸스와 혼동했지 뭡니까!"

구 년 뒤 오랫동안의 헤어짐 뒤에 새로운 불꽃이 짧은 기간 다시 불타올랐을 때 조선공학자는 신중하게 어두운 구석으로 물러나 있었다. 아니, 이제 그는 자신 있게 또 오만하게 둘의 관계에 끼어들었고, 자기 손으로 '경쟁자 여인'에게 편지를 써서 더이상 페르난두를 생각하지 말라고 설득하기도 한

8 페소아가 오펠리아를 부르던 애칭으로, '귀염둥이' 정도의 뜻.

다.(41번 편지) 그리고 캄푸스가 오펠리아에게 페소아의 '정신적 이미지'를 하수구에 던져버리라고 권유하는 것은 복수(더 정확히 말하면 최종 결산)의 맛을 풍긴다. 이제 본명과 다른 이름이 똑같은 신분을 누리게 되었고, 둘 다 하나의 정신적 이미지, 하나의 창안물, 바로 페르난두 페소아이지만 둘 중의 누구도 아닌 누군가의 관념이 되었다.

그렇다면 '진짜' 페소아는 어디에 있는가? 어디에서 자신의 삶을 살고 있는가? 이 숨어 있는 자기 자신은 무엇을 하는가? 페소아는 어느 곳에선가 '자신에 대해' 생각하고 '자신에게' 글을 쓰고 있다. 그의 운명은 "다른 법칙에 속하고…… 받아들이지도 않고 용서하지도 않는 스승들에게 점점 더 복종하며 종속되어갔다."(36번 편지) 이런 사랑이 하나의 생각이었던 것처럼, 페소아의 '진짜' 삶도 하나의 생각처럼 보인다. 비록 모든 것이 다른 사람에 의해 생각되었지만 말이다. 그는 존재하지만 장소는 없다. 하나의 텍스트다. 이런 '부재' 속에 그의 혼란스러운 위대함이 있다.

『뱃사람』—난해한 수수께끼?

나는 삶에 대해
수수께끼를 푸는 사람과 같은
관심을 갖고 있다.
—페르난두 페소아

1. 최근 리스본 노바 대학의 문화사 센터에서 간행한 출판물에 페소아의 『뱃사람』[1]에 대한 어느 철학자의 흥미로운 논문[2]이 실렸다. 그 논문은 일곱 가지 성찰, 또는 정확히 말하자면 일곱 가지 상이한 해석을 담고 있는데, 이를 통해 저자는 자기 자신이 뱃사람이 됨으로써, 그 저자의 말을 빌리자면 페소아의 군도群島를 순항하면서, 서로 다른 관점에서 접근하려고 시도했다는 것이다. 그 관점들은 각각 상징적 성찰, 플라톤적 성찰, 플로티노스적 성찰, 니체적 성찰, 하이데거적 성찰, 입체주의적 성찰, 다른 이름의 성찰로 구성되어 있다. 방법론적으로 폴 리쾨르가 말하는 '의심의 해석학'에서 출발하여, 저자는 오늘날 『뱃사람』에 대해 가장 유행하는 주장을,

1 *O Marinheiro*. 『오르페우』 제1호에 페소아가 본명으로 발표한 희곡. 페소아는 이 작품을 "단막으로 된 정적 연극Drama estático em um quadro"이라고 밝히고 있다. 타부키는 1966년 이 작품을 이탈리아어로 번역하여 출판했다.
2 Maria Ivone de Ornellas de Andrade, "Sete reflexões sobre 'Marinheiro,'" *Centro da História da Cultura da Universidade Nova*, Lisboa, 1986, pp. 671~701. [원주]

즉 페소아의 이 희곡에 대한 전형적으로 난해한 해석, 그러니까 다른 해석은 불가능한 텍스트로서 보는 그 주장을, 공손하지만 완고히 무너뜨리고 있다.

이 용감한 절충적 글에서 저자가 제안하는 일곱 가지 해석 중 하나를 선택하거나 지지하기는 힘들 것이다. 이것은 『뱃사람』이 얼마나 풍부하고 모호하고 다의적이며 다양한 해석이 가능한 작품인지 또다시 증명해준다. 그러므로 여기에서 유연하지 않은 확고한 주장으로 무장한 채 이 희곡을 해석하는 일에 뛰어드는 것은 위험하다. 아마 그 이상의 성찰을 덧붙여보려는 시도는 해볼 수 있을 것이다. 이런 시각에서 보자면, 페소아가 자신의 본명 또는 크로스 씨라는 아이러니한 명함 뒤에 숨어 몰두했던 열정이 우리에게 도움을 줄 수 있을 텐데, 그것은 당시 런던 『타임스』 신문이 상금을 내건 십자말풀이 대회에 몇 년 동안 진지하게 참가하면서 몰두했던 (이런 목적으로 우편 사서함까지 이용할 정도였던) 수수께끼에 대한 열정이다.

하지만 우리의 성찰, 아마 다른 성찰들보다 더 가벼울 성찰을 해나가기에 앞서, 최소한 1952년부터 오늘날까지 거의 모든 비평에서는 『뱃사람』이 마테를링크[3]의 영향 아래 쓴 상징주의 연극이라고 반복했을 뿐임을 되새길 필요가 있다. 나 자신도 오래전 한 글에서 썼듯 그런 해석이 완전히 무의미하다고 생각하지는 않았다.[4] 모호함은, 아마 1916년으로 거슬

3 Maurice Maeterlinck(1862~1949). 벨기에 출신 상징주의 시인이자 극작가로 '정적 연극'은 원래 그가 고안해낸 개념이다.

4 Antonio Tabucchi, "Pessoa e un antiteatro o di 'teatro statico'," *Dramma*, 1970. 8. 8., p. 34. [원주]

러올라가야겠지만 1952년에야 잡지 『트리코르니우*Tricórnio*』에 발표된 페소아 자신의 말에서 제시되었다. "마테를링크가 지닌 최고의 흐릿함과 미묘함은 [『뱃사람』과] 비교하면 거칠고 육감적이다."[5] 페소아가 '흐릿함'과 '미묘함'의 차원에서 설정한 비교는, 솔직히 말하면 마테를링크의 영향을 추정하는 데 있어 충분한 말은 아니다. 보다 정확히 말하자면 언어의 관점에서 『뱃사람』은 상징주의 맛이 나는 텍스트이지만, 그 결과나 의미에 있어서는 전혀 다른 것이라고 말할 수 있다. 그 작품은 진실/허구의 이분법, 다른 이름의 문제, 난해함에 대한 취향을 핵심적으로 담고 있는, 정교하게 페소아적인 작품이다.

그리고 이 희곡은, 1913년에 집필되어 1915년에, 말하자면 다른 이름이라는 태풍의 눈 속에서 페소아가 상징주의와 정반대 입장의 문제에 대해 성찰하고 있을 때 『오르페우』 제1호에 발표되었음을 기억할 필요가 있다. 페소아 자신이 말하듯, 이 희곡은 1913년 10월 11일에서 12일로 넘어가는 밤, 불과 몇 시간 동안 단숨에 집필되었다. 하지만 출판할 무렵, 페소아는 실질적 작업이라고 할 수 있는 교정을 상당히 많이 했다. 이는 그동안, 말하자면 두 해가 흐르는 동안 그가 자신의 문학 문제를 해결했고 이제 완벽하게 그 열쇠를 갖게 되었다고 여겨질 정도로, 심오한 변화다. 그리고 그의 일기에서 드러나듯, 당시 페소아는 진실/허구의 문제를 문학적 허구의 차원으로 옮길 수 있도록 소위 '셰익스피어 문제'의 비밀

5 앞에서 인용된 다음 책을 참조할 것: F. Pessoa, *Páginas Íntimas e de Auto-Interpretação*, p. 141. [원주]

을 추적하고 있던 시기였으므로, 『뱃사람』의 봉인은 저 벨기에 시인의 상징주의보다 오히려 페소아가 열정적으로 꼼꼼하게 연구하고 검토한 셰익스피어 문학에서 찾아야 한다고 생각하는 편이 좋으리라. 그것은 햄릿과 프로스페로[6]의 '연극 속 연극play within the play'으로서, 이 덕택에 셰익스피어는 삶이라는 '허구'를 연극의 허구로 옮기는 데 성공했다. 하지만 『뱃사람』은 그와 반대로 위장된 연극으로서, 거기에서 셰익스피어적인 것을 찾으려면 그 옷을 벗기지 말고 입혀야 한다. 그것은 플롯도 없고, 불행도 없고, 인간애도 없는 셰익스피어 작품일 수 있으며, 페소아가 자기 추론의 소용돌이 속에서 연극 목소리에 적용시킨 셰익스피어식 문법이다.

2. "우리를 만든 건 / 꿈과 같은 재료다; 우리의 짧은 삶도 / 잠으로 둘러싸여 있다." 프로스페로가 4막 서두에서 『폭풍우』의 결론을 예고하는 아포리즘이다. 바로 여기에서 『뱃사람』이 시작된다. 조명이 희미한 원형 방에서 하얀 옷을 입은 세 여인이 네번째 여인의 주검을 밤샘하며 지키고 있다. 밤샘하는 세 여인의 알레고리는 서두의 대사에서 드러난다. 그들은 기하학적으로 이상한 방, 시간이 추방된 방에 갇혀 있고, '아마 일어나지 않은' 것에 대한 가설적인 탐색에 몰두해 있고, 정체성도 없고, 기억도 없으며, 그녀들 자체가 하나의 꿈이다. 그녀들은 하룻밤의 공간에 사는데, 자신들을 사라지게 할 새벽의 첫 햇살을 두려워하면서도 동시에 열망하고 있다. 하지

6 셰익스피어의 희곡 『폭풍우*The Tempest*』의 주인공으로, 외딴 섬에 사는 마법사.

만 그동안 자신들의 하룻밤을 살기 위해, 또 자신들을 현실적인 것으로 믿기 위해, 그녀들은 대화를 나누고 서로에게 자신의 꿈을 이야기할 수밖에 없다. 자신들을 속이고, 놀이를 하고, 허구적인 자신의 과거, '아마 일어나지 않은' 과거와 대화를 나누는 만큼, 그녀들은 살아 있다. 말하기는, 그녀들을 압도하고 끌고 가는 수수께끼 같은 이야기에 저항하는 유일한 방법이다. 그런 분위기에서 밤새하는 세 여인 중 한 명의 꿈에서 뱃사람 이야기가 시작된다. 어느 황량한 섬에 난파당한 그는 자신이 갖지 않은 과거와 고향을 아주 상세한 부분까지 완전하게 만들어내면서 꿈꾸기 시작한다.

페소아는 셰익스피어 같은 이 전략에 대해 이렇게 설명한다. 밤새하는 여인(하나의 꿈)이 뱃사람을 꿈꾸고 뱃사람은 고향을 꿈꾼다. 말하자면 '연극 속의 연극 속의 연극play within the play within the play'인 셈이다. 페소아는 아마 마지막 역설적인 꿈 또는 허구, 이 경우에는 뱃사람의 고향에, 자기 문학 문제의 의미를 상징적으로 맡기고 싶었던 것 같다. 『폭풍우』에서 프로스페로는, 세상이 연극이고 연극이 세상이라는 것을 증명한 다음 예술가의 마법 지팡이를 떠나 사람들의 세상으로 돌아간다. "하지만 이 거친 마법을/이제 버리고, / 내가 천상의 음악을 / 요구할 때…… / 나는 내 지팡이를 부러뜨릴 것이고, / 깊은 땅속에 묻을 것이다."

뱃사람 역시 허구의 세계에서 나간다. 하지만 이 연극은 밤새하는 여인들과 함께 독자가 제기하는 합당한 의문에 대답을 주진 않는다.

밤샘하는 첫째 여인: 그런데 다음에 무슨 일이 일어났어?
밤샘하는 둘째 여인: 다음에? 무슨 다음에? 다음이 뭐야?
……어느 날 배 한 척이 왔어…… 어느 날 배 한 척이 왔어……—그래, 맞아, 그저 그렇게 되었을 거야……—어느 날 배 한 척이 왔고 그 섬을 지나갔지만, 뱃사람은 거기 없었어……
밤샘하는 셋째 여인: 아마 고향으로 돌아갔을 거야…… 하지만 어떤 고향이지?
밤샘하는 첫째 여인: 그래, 어떤 고향이야? 그리고 뱃사람에게 무슨 일이 일어났을까? 혹시 누가 알고 있을까?

3. 페소아가 달리 말하지 않으려는 그 고향은 어떤 고향일까? 이 연극을 결론짓는 수수께끼 같은 이런 질문은 어떤 의미가 있을까? 밤샘하는 여인들이 제기한 질문은 '어떻게' 뱃사람이 섬에서 빠져나갈 수 있었는지와도 관련되므로, 페소아가 제안하는 표면상의 수수께끼를 받아들이고, 뱃사람이 사라질 수 있게 만드는 메커니즘을 이해해보자. 뱃사람의 상황은 고전적인 수수께끼 문제를 상기시키는데, 하나는 사형장으로 이어지고 다른 하나는 구원으로 이어지는 두 개의 문이 있는 감방의 죄수 문제다. 문은 두 교도관이 각각 지키고 있는데, 한 명은 언제나 진실을 말하고, 다른 한 명은 언제나 거짓을 말한다. 죄수는 한 명의 교도관에게 단 한 번의 질문을 할 수 있으며, 그럼으로써 살아남을 수 있다. 살아남기 위해선 교도관 중 한 명에게, 그의 동료가 어떤 문이 구원으로(또

는 사형장으로) 이어진다고 말하겠느냐고 물은 다음 그가 가리키는 문과 반대의 문으로 가야 한다. 실제로 진실에 도달하기 위해 죄수는 자신에게 대답이 오는 과정과는 반대 방향으로 갈 수 있어야 한다. 뱃사람은 그와 똑같은 방식으로 행동하여 미궁을 되돌아나갈 수 있다. 사실 꿈의 꿈인 그는 꿈을 전복시킴으로써, 또는 반대 방향으로 꿈을 거슬러올라감으로써, 말하자면 꿈을 꾸는 사람을 꿈꿈으로써 벗어날 수 있다. ("왜 이 모든 것에서 뱃사람이 유일하게 현실적인 것이 되고, 우리와 나머지 모든 것이 단지 꿈이 될 수 없는 걸까?" 결국 밤샘하는 한 여인이 말한다. 그리고 다른 여인은 분명하게 말한다. "사람은 아마 꿈을 전혀 꾸지 않기 때문에 죽는 거야.") 간단히 말해 뱃사람은 깔때기 입구에서 탈출하듯이 꿈에서 탈출하고, 순환고리를 끝맺고, 사라지는 것이다. 그리고 자신이 사라짐으로써 새벽과 함께 자신을 꿈꾸면서 자신에게 꿈을 꾸게 만들었던 사람들을 사라지게 만든다. 수수께끼는 해결되었고, 이야기는 끝났다. 뱃사람이 시간과 공간에서 달아났다고 간주하든, 아니면 섬의 암초 사이에서 죽었거나 잠들었다고 생각하든, 어쨌든 그는 신비를 해결했고 '자기' 고향의 차원에 도달했다. 그것이 무의식의 원형이든, '다른' 차원이든, 또는 무無이든, 페소아에게는 아마 바로 우리 자신인 꿈들에 가장 적합한 고향일 것이다.

하지만 (만약 해결책이 있다면) 이 세 목소리 놀이의 '진정한' 해결책의 의미는 차라리 '속임수 같은 겉모습'과 '숨겨진 진실' 사이의 등식에서 찾아야 할 것이며, 이것이 바로 이 연극의 토대를 이루는 문제일 것이다. 이런 의미에서 『뱃사람』

은, 겉으로는 마테를링크에게 빚지고 있는 상징주의적 분위기에도 불구하고, 나중에 페소아가 신지학神智學으로 이끌고 가게 될, 또 난해하고 위대한 시들과 단시 『메시지』의 중추를 형성하게 될, 신비주의를 향한 이끌림의 최초 역사가 된다.

『뱃사람』을 번역하면서

“Falemos, se quiserdes, de um passado que não tivéssemos tido.” 이렇게 접속법 대과거로 『뱃사람』의 여주인공들 중 한 명은 드물고 화려한 동사들을 사용해 이야기를 시작하고, 밤샘하는 세 여인은 연극 전체에서 이 뒤를 따른다. 포르투갈어에서 과거의 비현실적 행위를 가리키는 접속법 대과거를 이탈리아어로 어떻게 번역할 것인가? 그런 장애물을 돌아가거나, 불확실성을 나타내는 ‘아마’를 도입하거나, 다음의 문장들처럼 또다른 전략에 의존할 필요가 있다. “원한다면, 우리가 전혀 갖지 않은 과거에 대해 이야기하자.” 또는 “원한다면, 우리가 갖지 못했을 수 있는 과거에 대해 이야기하자.”

『뱃사람』은 이탈리아어로 따라갈 수 없는 동사 활용법인 접속법으로 쓰였다. 그리고 포르투갈어가 그렇게 접속법으로 제공할 수 있는 모든 가능성, 즉 미래의 가능성을 가리키는 접속법 단순미래부터, 미래의 다른 사실과의 관계에서 이미 종결된 미래의 사실을 가리키는 접속법 복합미래에 이르기까지, 모든 가능성을 품고 씌인 책이다.

아마 『뱃사람』의 마법, 그 정지된 분위기, 누구에게도(심지어 밤샘하는 여인들에게도, 여인의 주검에도, 존재하지 않는 과거를 재구성하는 어리석은 꿈을 살아가는 뱃사람에게도) 속하지 않는 것처럼 보이는, 시간으로부터 벗어난 시간 속에 응결된 분위기, 그 마법은 대부분 페소아가 포르투갈어의 모든 가능성을 활용하면서 자신의 '정적 연극'에서 쓴 동사 활용법들의 이상하고 특별한 사용에서 나온다. 그러니까 주로 우연성, 불확실성, 비현실성의 동사, 문법에서 말하는 '그것을 사용하는 자의 의지, 상상 또는 감정'에 직접 의존하는 동사인 접속법이다. 하지만 접속법과 함께, 페소아가 다른 이름 베르나르두 소아르스로서 즐겨 사용하던, 이탈리아어로 번역할 수 없는 또다른 활용법인 인칭 부정법不定法도 여기에서 피곤할 정도로 사용되는데, 이 용법은 이렇게 『뱃사람』 언어에 일종의 하이퍼문학성을 부여함으로써, 이 책의 언어를 차갑고 절대적이고 거리감을 둔 우아함과 함께 오만하면서 동시에 비현실적인 언어로 만들어놨을 정도다. 마지막으로 페소아가 좋아하는 동사적 명사, 특히 확장된 동사적 명사가 있는데, 그것은 '있다, ~이다'란 뜻의 동사 'estar'와 함께 사용되어 시간 속에서 계속된다.("Neste momento eu não tinha sonho nenhum, mas é-me suave pensar que o podia estar tendo." 어느 순간 밤샘하는 둘째 여인이 말하는 이 문장을 문자 그대로 번역한다면 이럴 것이다. "그 순간 나는 어떤 꿈도 갖고 있지 않았지만, 꿈을 가질 수 있었을 것이라고 생각하는 것은 달콤해.")

다시 한번 말하자면, 『뱃사람』에 나오는 밤샘하는 세 여인은 말할 수 없는 언어를 구사한다. 구어 대화에서라면 누구도 절대 사용하지 않을 언어다. 『뱃사람』에 대한 해석이 구조적인 역설처럼 보일 정도다. 페소아가 '정적 연극'이라고 명명했고 따라서 듣기 위한 연극인 이 작품은, 실제로는 낭송하기 어려운 연극이며, 무엇보다 읽기 위해 쓴 것이다. 이 세 목소리의 독백에는 도리어 '산문시' 같은 면이 있는데, 거기에서 각 목소리는 꿈속처럼 이질적으로 거의 암호 같고, 난해하고, 문장紋章 같고, 멀리 떨어진 통사와의 거리감 속에서 우리에게 말을 건다. 그 독백은, 페소아가 당시 파울리즈무 운동과 함께 후기 상징주의와 아르누보에 루시타니아[1]의 얼굴을 부여하려고 노력하던 아방가르드 문학론의 시도와 시대적 맛이 강력하게 함축된 산문시다.

그런 언어의 클림트 같은 색채 위에, 이 색채를 불투명하게 만드는 얇은 막이 불가피하게 내려앉았다. 바로 번역의 막이다. 하지만 번역은 분명 작품이 아니며, 작품의 모사품도 아니다. 오르테가 이 가세트가 말했듯, 아마 단지 작품을 향한 여행일 뿐일 수 있다. 그러므로 『뱃사람』의 눈부시고 고정된 풍경 속으로 들어가면서, 비록 우리가 탄 객차 안 약간 흐릿한 유리창을 통해 바라보더라도, 이 귀한 장신구를 구성하는 보석들의 일부 광채를 알아볼 수 있기를 바란다.

1 고대 로마 시대 이베리아 반도 중서부 지역의 속주 이름으로, 현대 포르투갈과 스페인 일부를 아우르는 지역.

『파우스트』[1]에 관한 메모

비극적이고 절망적으로 독백하는 목소리가 이 단편적 극시 전반에서 자신의 탄식을 이끌어내고 있다. 자기 양심을 탐색하기 위해 떠났다가 공허함과 심연의 모습에 도달한 외롭고 불쌍한 파우스트, 어느 시인의 목소리다. 하지만 그것은 페소아 안에 살던 '목소리들' 중 하나, 그의 유령들 중 하나, 이 경우에는 단지 문화적인 호적부와 전기만을 지닌 채 시인의 내면에서 집착과 저주 같은 말을 뱉어내는 유령이기도 하다. 페소아가 '주관적 비극'이라 부른 이 추상적이고 형이상학적인 『파우스트』는 지식과 진보의 파우스트적 이상에서 이미 떠나 삶의 공허함, 지식의 불가능함, 죽음의 공포를 노래한다.

스트라빈스키나 조이스와 함께 20세기 진입 시기에 탄생한 위대한 예술가들의 맥락에서 페소아를 읽어야 한다는 로만 야콥슨의 제안을 받아들인다면, 이 주관적 『파우스트』가 스트라빈스키의 악보로 연주된 '야상곡,' 조이스의 내적 독백을 낭송하는 절망적으로 더듬거리는 목소리와 닮았음을 부

1 *Faust*. 1908년에서 1934년 사이에 쓴 미완성 운문작품으로, 대화보다 주로 독백으로 구성되어 있으며, 페소아는 이 작품을 '주관적 비극'이라고 불렀다. 트렁크에 무질서한 백여 장의 원고 상태로 남아 있던 이 작품은 1991년에 이탈리아어 번역본이 출판되었다.

정할 수 없다. 게다가 페소아가 평생 몰두했으며 이 작품을 신비로운 분위기로 물들이는, 신비주의와 신지학이 있다. 이러한 코드로 파우스트의 탄식에 대선율對旋律 역할을 하는 목소리들을 해석할 수 있을 텐데, 바로 시의 무대에서 영혼의 고통스러운 방랑을 낭송하도록 불려나온 유령들, 엑토플라즘들, 망령들에 속하는 목소리들이다.

안드레아 찬초토[1]와의 인터뷰

안토니오 타부키: 정신분열증의 시학 또는 만가넬리[2]의 말을 빌리자면 20세기 '거짓말로서의 문학' 내부에서 호적상의 인구 조사를 한다면, 앞자리의 상당수는 다른 언어 사용자들, 또는 말하자면 언어의 낙오자들이 차지하고 있는 것을 발견할 수 있습니다. 예를 들면 콘래드, 카프카, 스베보(스베보는 『제노의 의식』에서 제노의 입장으로 이탈리아어로 글을 쓰는 트리에스테 사람으로서 자신은 거짓말쟁이라고 밝히지요), 그리고 마지막으로 페르난두 페소아가 있습니다. 페소아는 아마 자신의 정신분열증을 최선의 방법으로 중화시키기 위해 포르투갈어에서 영어로 번갈아가며 오갔고, 영어 시인의 신분과 포르투갈어 시인의 신분을 신중하게 정의하고 제한하면서 정신분열증을 받아들였습니다. 찬초토 당신도 어떤 면에서는 다른 언어 사용자로 간주될 수 있지만, 모어(피에베디솔리고의 베네토 방언)를 이탈리아어 시의 맥락에 접목했다가 최근의 시집 『필로』(1976)에서 모어로 돌아옴으로써 언어적 이질감을 부분적으로 중화시켰지요. 당신

1 Andrea Zanzotto(1921~2011). 현대 이탈리아의 대표 시인으로, 그의 고향 피에베디솔리고는 이탈리아 북부 베네토 지방의 소읍으로 트리에스테에서 멀지 않다.
2 Giorgio Manganelli(1922~1990). 이탈리아의 작가이자 평론가, 저널리스트로 1960년대 네오아방가르드 운동의 대표자다.

은 허구 또는 언어적 이질감이 결과적으로 문학적 허구, 그러니까 거짓말로 이끈다고 생각합니까? 그리고 혹시 페소아처럼 자신의 거짓말을 의식하고 있는, 말하자면 자신의 '정신분열증'을 스스로 분석해낸 사람들 부류에 속한다고 느낍니까?

안드레아 찬초토: 페소아의 경우는 너무나 복잡해서 문학, 시, '언어' 자체의 의미에 대한 일반적 고찰에도 전혀 예상치 못한 참조들을 제시할 정도지요. 어떤 작가든지 페소아의 세계와 자신의 입장을 진지하게 비교해볼 만합니다. 언제든 무언가를 배우게 될 것입니다.

나로서는 이탈리아어에 대해 나를 다른 언어 사용자로 느껴본 적이 전혀 없다고 해야겠군요. 내 입장은 아주 일반적이었기 때문입니다. 문인이든 아니든, 몇십 년 전에 교육을 받은 이탈리아인이라면 대부분 그랬습니다. 사실 이탈리아 사람들은 바일링구얼리즘보다 다이글로시아[3] 입장에서 상황에 따라 이탈리아어 또는 방언을 사용했고, 대부분 이탈리아어로 글을 썼습니다. 어쨌든 그것은 수직적 분열이 아닌 수평적 분열로서, 비록 개입 수준은 다르지만, 공동체와의 활발한 사회적 관계를 허용해주었지요. 이 경우에도 구분은 있겠지만 이로 인해 진정 정신분열증이라는 결과를 가져올 거라고는 말할 수 없습니다. 그런 상황에서는 언어의 토대에 있는

3 두 단어 모두 두 언어 사용을 가리키며 각각 '이중언어'와 '양층兩層언어'라고 옮기기도 한다. 다만 '바일링구얼리즘bilingualism'은 대개 개인이 모국어와 외국어 같은 두 언어를 사용하는 것을 가리키는 데 비해, '다이글로시아diglossia'는 두 언어를 사용하는 사회에서 하나는 공적으로, 다른 하나는 사적으로 사용하는 것을 가리킨다. 이탈리아의 경우 표준 이탈리아어와 각 지방의 방언이 따로 존재한다.

의식과 무의식 사이의 '사회적 계약'이 지닌 현실이 포착되고, 동시에 이런 계약에서 오는 불안정함을 의식하게 되지요.

요즈음에는 일반적으로 (비록 고유한 언어가 아니더라도) 다수의 '구어들'과 관계맺는 것을 긍정적으로 생각합니다. 무엇보다 거기에서 자아 형성 초기부터 한편으로는 '자의성'을 의식하고 다른 한편으로는 필연성-절대성을 의식함으로써, 보다 정확한 언어적 사실 관계가 탄생하기 때문입니다. 서로의 변증법적 관계에서 발견되거나 발견되지 않는 양극단 언어의 공존에 도달해, 한 언어에서 다른 언어로의 계속적인 흐름으로, 또 대립들의 공존에 대한 끊임없는 확인/거부로 이루어지는 왕복운동으로 (여러 방향이지만) 이끌리게 되는 거죠. 그리하여 언어는 모든 모순의 모순적이지 않은 공존으로, 또 그 반대로 이루어지는 삶과 보다 잘 부합하게 됩니다.

'문학적'이든 아니든 글을 쓰려는 사람에게, 이런 사실은 '허구'라는 행위 안에서 모든 일련의 의미들을 느낄 가능성을 열어줍니다.

(방언, 이탈리아어, 우리의 경우 다양한 경로를 통해 형성된 라틴어와 함께 로맨스어들[4]도 덧붙이고 싶은데) 어쨌든 서로 상당히 비슷하고 공동체적인 다수의 언어들 사이에서 거의 무의식적으로 움직이는 사람과, 반대로 많이 다른 언어들 사이에서 분열을 겪는 사람 사이에는 커다란 차이가 있습니다. 후자는 자기 개인의 역사에서 그 언어들에다 아주 분명한 역할을 할당하고, 창작의 위대한 계획으로 그 언어들을

4 로마 제국 후기에 형성된, 통속 라틴어와 로마 속주 지역의 토착어가 결합하여 형성된 언어들로 이탈리아어, 프랑스어, 스페인어, 포르투갈어, 루마니아어 등이 여기에 속한다.

왜곡하고 신화화함으로써, 처음에는 나르키소스 같은 자아의 품 안에서 사용되는 각 언어의 분명히 지각된 공동체적 요소들 자체를 뒤집어엎기도 합니다. 콘래드의 영어는 페소아의 영어만큼이나 사적입니다. 페소아가 (청년기의 시들은 예외이겠지만) 영어에 부여하는 공개적인 '사적' 표시와 총체적으로 상이한 양상에도 불구하고 말입니다. 하지만 페소아에게 포르투갈어가 덜 사적이었는지에 대해서는 질문할 수 있을 것입니다. 그는 비록 문인들의 공동체로 국한되긴 하지만, 공동체와의 즉각적인 만남을 위해서라기보다는 트렁크와 미래를 위해 글을 썼던 작가지요. 스베보에서 카프카, 릴케에서 베케트에 이르기까지 모든 위대한 경우에는, 어쨌든 분명하고 비교할 수 없으며 심지어 때로는 모순적인 자신의 동기들이 있습니다. 게다가 '현저한' 다수 언어 사용과 실질적인 정신분열증은 나와 어머니(모어) 사이의 관계의 어려움에서 더 자주 발견되는 것 같습니다. 이와 관련하여 들뢰즈가 소개한 루이스 울프슨의 특별한 증언과 자기 분석을 떠올려볼 수 있습니다.

하지만 나 같은 상황에서(그 위대한 작가들과의 거리감도 고려하면 모든 관점에서 그는 상대적으로 '중간'이라는 사실을 다시 한번 강조하자면) 언어와의 관계에서 나타날 수 있는 심리적 상황은 다른 것입니다. 예를 들면 절대 '쓸 수 없고 쓰지 않아야 하는' 언어('순수한' 방언에서 유년기 언어 페텔,[5] 즉 고유하고 진정한 신체적 꾸르륵거림에 이르기까지)

5 petèl. 찬초토가 베네토 방언 시들에서 사용한 유년기의 언어를 가리킨다.

의 탐색으로 이끌릴 수 있습니다. 바로 가능한 '영원한 구어성'과 관련되기 때문인데, 그것은 '어머니'와의 직접적이고 물리적인 접촉이며 (쓰다듬기에서 할퀴기까지) 육체에 맞게 '잘라지고' 또 어쨌든 '자르게' 되는 '원형적 글쓰기'에 대한 암시적 거부이기도 합니다. 하지만 어머니는 비록 완전히는 아니지만 그런 접촉에서 벗어나 언제나 '약간' 너머에 있을 것입니다. 그리하여 히스테리 언어에 가까우면서도 완전히 육체적이고 모호한 '언어들'의 등장과 함께, 언어의 공허함이라는 악몽을 만들어낼 수도 있는 거지요. 계속해서 좌절되는 절대적 진정성을 향한 질주에서 모든 '허구'를(물론 모든 거짓말도) 비난하게 될 주체는, 고유한 통일성의 의미를 지나치게 강화하는 듯하고, 단일 '자아'를 큰 소리로 선언하며, 단절들이 전면으로 분출되어 밀려나오는데도 은폐하거나 마지못해 극도로 고통스럽게 드러내게 되는 겁니다. 그러면 침묵과 동시에 독백적인 물리성을 지닌 쓰다듬기에 이르기까지, 체계들의 유연한 유사성을 따라 언어의 도주와 함께 자아의 '강요된' 통일성이 나타나게 될 것입니다. 반면에 다른 경우, 특히 사용되는 언어들이 많이 다를 경우, 각 언어가 확정된 한 기능으로 쉽게 경직되는 것 같습니다. 그동안 반대로 자아는 뒤로 물러나 '다수화될' 수 있습니다. 이외에 의식의 강력한 의지가 있는 곳에서는, 문학에서 나타나는 허구-거짓말의 양상에 관심을 기울이기 쉬워집니다. 하지만 그런 입장들 사이에 중간 단계들이 아주 많긴 합니다.

페소아는 '유일한 인물unicum'입니다. 그에게는 문학적 사실로서의 다른 이름이 지닌 감정과 이를 뒷받침하는 역할로서의 분열된 심리적 현실에서 있을 수 있는 비극 사이에, 즉 인물-페소아(이 고유명사의 의미를 그 어원적 두께에서 생각해보기 바랍니다)[6]의 분열이 정신분열증 환각과 매우 무모한 문학적 게임 사이에 있는 미노타우로스[7] 같은 다른 자아들을 생성하는 구역에는, 바로 풀리지 않는 것이 있기 때문입니다. 유명한 편지[8]가 그에 대한 명백한 증거입니다. 그렇지만 심리적-문학적 분열이 페소아에게 영어/포르투갈어 분열, 즉 언어적 사실 자체와 연관된다는 것은 입증된 바가 없습니다.

2

안토니오 타부키: 여전히 분열 문제에 대한 질문입니다. 이탈리아어로 번역된 콘래드의 『비밀 공유자*The Secret Sharer*』 판본에 쓴 암시적인 서문에서, 당신은 이렇게 결론을 내렸지요. "절대 진정으로 하나가 될 수 없고, 외관상의 이별에도 불구하고 절대 진정으로 분리될 수 없으며, 똑같이 물결의 표류에 몸을 맡기고 있는 선장과 그의 닮은꼴은, 인간적이든 아니든, 세상을 함축하는 무언가를 나타낸다." 이는 방금 말했듯이 암시가 풍부한 논의이며, 라캉과 구조주의 철학자들의 일부 입장으로 환원될 수 있는 논의를 함축하고 있습니다. 이에 대해 '환자' 페소아와 관련하여 간략하게 설명해줄 수 있습니까? 이 포르투갈 시인의 '사중 분열'은 무엇을 함축합니까?

6 포르투갈어에서 보통 명사 pessoa는 '사람, 인물, 인격'을 뜻한다.
7 그리스 신화에 나오는 괴물로 소의 머리에 사람의 몸을 가진 것으로 묘사된다.
8 페소아가 다른 이름들에 대해 설명한 친구 아돌푸 카사이스 몬테이루에게 보낸 편지를 가리킨다. 이 책 159쪽 참조.

안드레아 찬초토: 콘래드의 단편소설에 대한 서문의 그 문장에서, 나는 바로 (만약 이 표현에 의미가 있다면) 불연속성의 선들에 대해 언급했는데, 그것은 단지 심리뿐만 아니라 넓은 의미에서는 '세상'을, 특수하게는 '명시화된 지대'이자 창안되기도 하는 지대로서 언어를 가로지르는 선들입니다. 페소아는 현실을 다양한 수준과 질서로 나누는 단절들, '경계선들barres'을 엄청나게 느꼈지요. 그 안에 뛰어들고 싶어했고, 바로 그 '차이'는 아니지만 그들 존재를 뚜렷이 표명하기에 적합한 다수의 이름과 다수의 자아를 원했던 것입니다. 물론 페소아의 사중 분열은 겉으로 보기보다는 잠정적입니다. 그는 복음서에 나오는 마귀처럼 자신을 '군단'으로 느꼈다는 것을 알 수 있습니다.[9] 페소아의 수수께끼를 보면 어린 유년기부터 무의식에서 돋아나는(또는 접목되는) 완전히 환각적인 인물들을 볼 수 있지요. 하지만 보다 특권적인 다른 이름들보다 상대적으로 덜 중요한 여러 비슷한 등장인물이 계속해서 나타나고 서로 중복되고 동반되는 것도 살필 수 있습니다. 그것은 한 무리의 가능성으로 하나의 퍼즐, 각각의 조각이 하나의 이름을 가질 수 있는(특권적이지 않아도 '중추적인' 원래 이름의 불확실함 속에서 희미한 여명이 비추지 않으면 '전체'의 이름이 될 수 없지만) 퍼즐로 이해되는 삶/현실을 모방하려고 합니다. 그 '전체'는 각 부분과 동일합니다. '아버지의 이름'으로 돌아갈 수 없고 정돈될 수 없는 현실, 통일성은 바로 마귀처럼 군단이라 부를 수 있는 현실이므로, 페소

9 「마르코 복음서」 5장 9절에 빗댄 대목: "예수님께서 그[마귀]에게 '네 이름이 무엇이냐?' 하고 물으시자, 그가 '제 이름은 군대입니다' 하고 대답했다."

아는 그런 이름들의 군단인 겁니다. 그런 기호들을 필명으로 부를 수 없고 또 부르고 싶지도 않은 섬세한 악의성과 음울한 고통을 생각해보십시오. 실제로 모든 것이 바로 이름, 이름들 주위로 와서 노는 것처럼 보이기 때문이지요. 페소아에게 있어 필명을 의심할 수 없게 분열된 자아는 극도로 논리적인 '위장자fingidor'와 함께 팔짱을 끼고 가고 있습니다. 다른 한편으로 필명을 사용한 많은 작가에게는, 바로 그 용어를 받아들이는 데 얼마나 많은 거짓 의식이 있었습니까?(『이페르칼리세』의 포스콜로-디디모[10]처럼 의도적으로 다른 언어와 연결되는 필명의 경우나, 정반대로 아르카디아[11] 같은 필명들의 집단 전체를 생각해보십시오.) 그리고 동사의 일인칭으로 제시되든 삼인칭으로 제시되든 '등장인물들의 창조자'인 소설가들에 대해서는 뭐라고 말해야 할까요?

페소아는 다른 무엇보다 모든 것이 이름, 이름 붙이기의

10 Ugo Foscolo(1778~1827). 이탈리아 신고전주의 시인으로 베네치아를 지배하던 오스트리아 정부에 저항하다가 망명 길에 올랐고 영국에서 사망했다. 『이페르칼리세*Ipercalisse*』는 그가 로렌초 알데라노 라이네로Lorenzo Alderano Rainero라는 필명으로 1815년 피사에서 출판된 것으로 위장했는데, 실제로는 1816년 취리히에서 출판된 작품이다. 라틴어 운문으로 쓴 이 작품은 당시 이탈리아 지성인들에 대한 신랄한 풍자서인데, 원래의 라틴어 제목은 *Didymi Clerici Prophetae minimi Hypercalypseos liber singularis*로 직역하면 '어린 예언자 디디모 키에리코Didimo Chierico의 유일무이한 책 이페르칼리세' 정도가 될 것이다(라틴어 제목은 『히페르칼립세오스』다). 키에리코, 즉 '성직자' 디디모는 작품의 주인공으로 포스콜로의 입장을 대변하며, *Ipercalisse*라는 제목은 '드러내기'를 뜻하는 '묵시록'과 정반대 의미로 '지나친 감추기'를 뜻한다.

11 1690년 로마에서 창설된 '아르카디아 아카데미Accademia dell'Arcadia'는 문인들의 동아리로, 고대 그리스 목동들의 이상적인 낙원으로 여겨지던 아르카디아를 문학적으로 재현하려 했으며, 그 구성원들은 목가적 뉘앙스와 분위기를 띤 필명을 사용해야 했다.

역설 언저리에서 이루어진다고 느끼게 하고, 심리적이든 아니든 현실은 우리에게 절대로 '보통' 이름[12]이 아니라 언제나 결정적으로 고유한 이름들, '자신의' 존재 안에 갇힌 이름들에 의해 파편화된다고 느끼게 해줍니다. 원시 세계에서 고유 이름으로(또는 모두 알려지거나 말해질 수 없는 다수의 이름으로) 자신을 나타냄으로써 신이 되는 모든 것들처럼 말입니다. 여기에서 자아와 세상이 '우연히' 경계선들 너머에서, 이름-동사의 운동에서 만날 수 있는 사회적 관계의 결정적 역할이 드러납니다.

3

안토니오 타부키: 20세기 문학의 파노라마에서 페소아는 분명히 가장 불안한 존재 가운데 하나입니다. 당신이 보기에 그는 극단적인 경우입니까? 그는 우리와 동시대인입니까, 아니면 미리 나타난 우리의 후손입니까?

안드레아 찬초토: 그러니까 부분적으로는 거짓으로(즉 불충분한 것으로) 서로 확인되면서도 서로 진실이라고 주장하는 다른 이름들과 고유 이름들의 소용돌이를 믿지 않으면서, 페소아의 '내부 폭발적 통일성'의 징후는, 그러니까 비록 '블랙홀'로 이해해보려 한다 하더라도, 실질적인 원래 이름의 토대나 장소는 아마 다른 곳에서 찾아야 할 것입니다. 만약 페소아가 분명 최근의 과거와 능동적으로 연결되어 있다면, 만약

12 이 경우 '명사'로 옮길 수도 있다. 고유명사로서의 이름 대문자 페소아Pessoa와 보통명사 '사람'이란 뜻의 소문자 'pessoa'에서 그렇듯.

그가 제기한 문제들이 분명히 미래와 관련되는 것이라면(그는 거의 모든 것을 사후에 바란다는 '아양'을 부리며 애지중지하는 자기 트렁크를 계속 미래에 이르게 하지요), 현재의 페소아는, 즉 왜곡된 어떤 거울들을 통하든 언제나 추적 가능한 위대한 시인은, '이름의 장벽' 이쪽이나 저쪽에서도, 말하자면 그가 제공한 문학적 사실의 물질성과 '물리성' 안에서, 만날 수 있고 또 만나야 할 것입니다.

그러니까 음성학적 운율적 통사적 의미적 구조들과 그것들의 중첩, 대립, 맥락성의 짜임들에 대한 철저한 분석이 캄푸스, 헤이스, 카에이루 등의 작품이 지닌 '심층'에 대해 말해줄 것입니다. 그렇게 되면 그들이 '이름' 그 이상의 무엇이며, 그들의 공개적인 프로필과 아주 다른 '프로그램'에도 불구하고 결정적으로 '플라투스 보키스'[13]라고, 진정으로 확신할 수 있을 것입니다. 요컨대 무엇보다도 시작품 구성에 대한 연구는 명목상의 경계선들을 넘어가는 일을 아마 확인시켜줄 수 있을 것이고, 어떤 동질의 자료를, 즉 페소아의 모든 위대한 시에서 들려오는 독특한 바다의 속삭임-소음을 찾도록 유도해줄 것입니다. 아마 다시 한번 텍스트 표면 아래에서 감아올라오는 소쉬르의 '낱말 아래의 낱말'[14]이 다른 이름들 사이에 다리를 놓아주며, '이름들 위의 이름들'이 창조해내는 태도들과 상황들의 매력적인 다양성에도 불구하고, 철자 바꾸기를

13 이 책의 68쪽 참조.

14 스위스 출신 비평가 장 스타로뱅스키(Jean Starobinski, 1920~)는 현대 언어학과 기호학의 토대를 마련한 소쉬르의 낱말 철자 바꾸기anagram 이론에 대한 저서 『낱말 아래의 낱말. 소쉬르의 철자 바꾸기*Les mots sous les mots. Les anagrammes de Ferdinand de Saussure*』를 1971년 출간했다.

통해서도 '이름들 아래의 이름들'이 집요한 유착 경향을 드러내고 있음을 확인할 수 있게 될 겁니다. 최소한 내부 폭발이 나온 단일한 영역을 확인할 수 있도록 말입니다. 게다가 다른 이름들 자체가 비슷한 것을 암시하는 듯합니다. *Ca*mpos와 *Ca*eiro는 첫 부분을 공유하고, Reis는 이 두 이름의 마지막 부분(po*s*와 *ei*ro)에서 철자 바꾸기로 조합된 것처럼 보입니다. 설령 그게 아니더라도 어쨌든 연구의 새로운 장이 슬그머니 열릴 것입니다.

물론 카프카에게서만 보이는 현실, 심리적 현실, 이름 붙이기 사이의 관계에서 부가된 긴장감으로서의 '물리적 의식'은 페소아에게서도 재발견됩니다. 불연속성에 있다는 것, 그런 총체적 위험에 '뛰어들지만' 게임에 승리하면서 그 위에 다리를 놓는 것은, 언제나 시를 움직이는, 또는 정반대로 (동일한 거울 속에서, 또는 컴퓨터에서 나온 동일한 '그림' 안에서, 상호교환될 수 있는 빛 또는 그림자의 점들처럼) 수학을 움직이는 '욕망'이었습니다. 르네 통[15]의 논쟁적인 최근 제안을 떠올려봐도 좋습니다.

또한 페소아는 사회성을 '느끼는' 새로운 방법, 아직 대부분 발명되어야 하는 방법과 관련해서도 이름/동사 관계의 문제를 제기하도록 이끕니다. (몬탈레의 『사투라』 서시에서 찾아볼 수 있는 '너'처럼) 자신의 복제물들을 생산하다 결국에는 '원래의' 것인지 아니면 복사물인지 더이상 알 수 없게 된 자아는, 한편으로는 절대적 주체성이 고유의 비현실성을

15 René Thom(1923~2002). 필즈 상을 수상한 프랑스 수학자로 논쟁적인 '카타스트로피 이론'을 통해 인식론과 철학에도 많은 영향을 끼쳤다.

명백히 드러낼 수밖에 없는 담론의 실패를 선언하지만, 그와 동시에 지금까지 사회적 담론과 함께 뒤섞여 있던 모든 현실적인 나르키소스적 분노들, 모든 신비화와 거기에 함축된 가학적이고 피학적인 충동들을 무효화시키고 뒤집어엎습니다. 그러므로 페소아와 또 그와 비슷한 다른 위대한 작가들의 백지상태tabula rasa에서 다시 출발할 필요가 있습니다.

부록

이 책에서 중요하게 언급된 페소아의 글들

다른 이름들의 발생에 관해 아돌푸 카사이스 몬테이루에게 보낸 편지

우편사서함 147호

리스본, 1935년 1월 13일

존경하는 친구,

당신의 편지에 감사하며 즉시 빠짐없이 대답하겠습니다. 먼저 이 복사 용지에다 편지를 쓰는 점에 대해 용서를 구하고 싶습니다. 좋은 편지지가 떨어졌는데, 일요일이라 다른 걸 구할 수 없군요. 그렇다고 편지를 다음으로 미루기보다는 좋지 않은 종이에라도 쓰는 편이 언제나 더 낫겠지요.

먼저 당신이 나와는 생각이 다른 어떤 글을 쓰든 나는 절대 '다른 이유'를 찾아보는 짓은 하지 않을 것이라고 말하고 싶습니다. 나는 스스로가 티 하나 없는 사람이라고 공언하지도, 자신에게 가해진 비판을 신성함에 대한 훼손 행위로 받아들이지도 않는, 몇 안 되는 포르투갈 시인 중 하나입니다. 그리고 내 모든 정신적 결점에도 불구하고 전혀 피해망상증을 갖고 있지 않습니다. 이외에도 나는, 이렇게 말해도 괜찮다면, 무척 존경하고 높게 평가하는 당신의 독립성에 대해서도 익히 알고 있습니다. 나는 절대 '스승'이나 '셰프'가 되려고 하지 않았습니다. 나는 가르칠 줄도 모르고 왜 가르쳐야 하는지도 모르기 때문에 '스승'이 될 수 없고, 달걀 프라이도 할 줄 모르기 때문에 '셰프'가 될 수 없지요. 그러니 나를 두고 무슨 말을 하든 전혀 염려하지 마세요. 나는 고급 층들에서 저장고 포도주를 찾지는 않습니다.

『메시지』 같은 책으로 시작한 게 나 스스로도 만족스럽지 않았으니 이 점에서는 당신에게 두말없이 동의합니다. 사실 나는 신비적 민족주의자, 합리적 세바스티앙주의자입니다. 하지만 그 외에, 심지어 그와 모순되게도, 나는 다른 많은 것들이기도 합니다. 그리고 그것들은 책 자체가 갖고 있는 성격 탓에 『메시지』 안에는 포함되어 있지 않습니다.

왜 그런지 모르지만 내가 구성하고 준비한 첫 책이었다는 단순한 이유 때문에 그 책으로 시작했습니다. 준비되어 있었기 때문에 사람들은 출판을 권유했고, 나는 받아들였지요. 서기국에서 주는 상금을 염두에 두고 그 책을 준비한 것은 아니라고 밝혀야겠습니다. 하지만 그렇게 생각했다 하더라도 이것이 지성적으로 심각한 잘못은 아니었을 겁니다. 내 책이 9월에 준비되었으니, 심사 기간에 맞출 수는 없을 것이라고 생각하기도 했습니다. 원래 7월 말까지였던 책의 제출 기한이 10월 말까지 연장된 것을 몰랐기 때문입니다. 결국 10월 말에 작업이 끝난 『메시지』 몇 부가 손에 들어와, 필요한 부수를 제출했지요. 책은 경쟁에 필요한 모든 자질(민족주의)을 갖추고 있었습니다. 나는 심사대에 올랐지요.

이따금 장차 출판될 내 작품들의 순서를 생각해보곤 했는데, 그때마다 첫번째 책으로 절대 『메시지』 같은 책은 떠오르지 않았습니다. 페르난두 페소아의 다양한 하위 인격들을 모두 포괄하는 350쪽짜리 두툼한 시집으로 시작해야 할지, 아직 완성하지 못한 탐정소설로 시작해야 할지 망설여졌지요.

앞서 말했듯, 『메시지』 출간이 사실 만족스러운 출발은 아니었다는 점에서는 당신 말에 동의합니다. 그러나 한편으로는 결과적으로 보면 내가 할 수 있던 최상의 출발이었다는 말도 맞는 말입니다. (분명히 이차적인 방식으로 드러난) 내 개성의 그런 측면이 (바로 이 책의 일부인 시 「포르투갈 바다」[1]의 경우를 제외하면) 잡지들의 공동작업에서는 전혀 충분히 드러나지 않았기 때문에, 바로 그런 이유로 드러낼 필요가 있었고 당시에 바로 드러나야 했던 거지요. 미리 숙고하거나 계획하지 않았는데 (나는 실천적인 사전 계획을 세우는 데 재주가 없습니다) 민족적 무의식의 재구성이라는 (용어의 원래 의미에서) 결정적인 순간들 중 하나와 우연히 일치한 것입니다. 내가 우연히 창조했고 그런 다음 계속 그에 대해 말하면서 완성된 것이, 바로 '위대한 건축가'에 의해 '직각삼각자'와 '컴퍼스'로 정확하게 계획되었던 거지요.

(잠시 중단하겠습니다. 나는 미치지도 않았고 술에 취하지도 않았습니다. 하지만 지금 타자기로 칠 수 있는 한 빠른 속도로 직접 치고 있으며, 문헌에 신경쓰지 않고 즉석에서 떠오르는 대로 표현하고 있습니다. 내가 지금 당신과 단순히 잡담을 나누고 있다고 생각해주십시오. 그것이 사실이므로 그렇게 생각하는 편이 좋을 것입니다.)

당신이 한 세 가지 질문, 1) 내 작품들의 장래 출판 계획,

1 Mar Português. 페소아의 가장 유명한 시 가운데 하나로 『메시지』에 실려 있다.

2) 내 다른 이름들의 기원, 3) 오컬티즘, 이것들에 대해 이제 곧바로 대답하겠습니다.

방금 당신에게 말한 상황에서 일방적으로 드러냈듯, 『메시지』가 출간되고 나면 일이 이런 식으로 진행되었으면 합니다. 지금 「무정부주의자 은행가」[2]의 최종 수정본을 마무리하고 있습니다. 곧 완성될 것이며, 완성되는 대로 출판할 생각입니다. 만약 모든 일이 잘 진행되면 그 작품을 영어로 번역하여 영국에서 출판하기를 희망합니다. 그러면 당연히 그렇듯 유럽에서도 가능성이 생기겠지요.(이 말을 은근히 노벨상을 바란다는 뜻으로 받아들이지 마십시오.) 그런 다음 (이제 시와 관련된 당신의 질문에 바로 대답하지요) 여름 동안 페소아 자신의 짧은 시들을 두툼한 책으로 엮으려고 하는데, 올해 말에 출판할 수 있을지 봐야겠습니다. 그것은 바로 당신이 기대하는 책일 것이며, 나 자신이 만들고 싶은 책이기도 합니다. 민족주의적 측면을 빼면, 『메시지』에서 이미 표현했던바, 그 책은 모든 면을 아우르는 총체적인 책이 될 것입니다.

보다시피 나는 단지 페르난두 페소아에 대해서만 언급했습니다. 카에이루, 헤이스, 또는 알바루 드 캄푸스에 대해서는 계획이 없습니다. 실제로 내가 노벨상을 받지 않는 이상 (위를 보세요) 그들의 작품을 출판할 순 없을 것입니다. 그런데도, 애석하게 여겨지긴 하지만, 나는 카에이루에게 극적인 몰개성화에 관한 내 모든 힘을 부여했고, 알바루 드 캄푸스에게는 나 자신이나 내 삶에도 부여하지 않았던 모든 감정을 부

2 O Banqueiro Anarquista. 1922년 5월 『당대*Contemporânea*』 제1호에 발표된 페소아의 풍자적 작품.

여했습니다. 그리고 사랑하는 카사이스 몬테이루, 출판 순서에서는 그들 모두가 불순하고도 단순한 페르난두 페소아 뒤로 미뤄져야 한다고 여기셔야 합니다!

첫번째 당신 질문에는 대답했다고 생각합니다.

만약 빠뜨린 것이 있다면 무엇인지 말해주십시오. 대답할 수 있으면 대답하겠습니다. 다른 계획은 당분간 없습니다. 내 계획이 무엇인지, 어떤 결과를 불러올지 잘 알고 있으니까 이렇게 말해야겠지요. '하느님 감사합니다!'

이제 내 다른 이름들에 대해 물은 당신 질문에 대답하겠습니다. 만족스럽게 대답할 수 있을지 모르겠군요.

정신의학 측면에서 시작하지요. 내 다른 이름들의 기원은 내 안에 있는 히스테리의 심층부에 있습니다. 내가 단순히 히스테리 환자인지 아니면 보다 정확하게, 히스테리성 신경쇠약 환자인지 잘 모르겠습니다. 나는 두번째 가설로 생각하고 싶습니다. 왜냐하면 고유한 의미에서의 히스테리가 보이는 고유한 증상과는 다른 의욕상실 현상이 내 안에 있기 때문이지요. 어쨌든 다른 이름들의 정신적 기원은 내 유기적이고 지속적인 위장과 몰개성화 경향 안에 있습니다. 나에게나 다른 사람들에게는 다행스럽게도, 이런 현상이 내 안에서는 정신화되어 있습니다. 말하자면 실천적으로 내가 생활해나가는 데 있어서는, 다른 사람들과 접촉하는 외부 생활에서는, 이런 현상이 나타나지 않으니까요. 그것은 내면을 향해 폭발하고, 나 홀로 그것들과 살아갑니다. 만약 내가 여자라면(여자들에게 히스테리 현상은 위기 비슷한 것들과 함께 폭발하지요), 나보다 더 히스테릭한 히스테리 환자인 알바루 드 캄푸스의 모든 시는 이웃들에게 경종이 될 것입니다. 하지만 나는 남자입니다. 남자들에게 히스테리는 주로 정신적 양상을 띠고, 따라서 모든 것이 침묵과 시로 끝나지요……

이것이 내 다른 이름의 유기적 기원을 그럭저럭 설명해줍니다. 이제는 바로 내 다른 이름들에 대해 이야기하지요. 죽은 자들(그리고 내가 기억에서 완전히 잃어버린 자들), 거의 잊힌 내 유년기의 아득한 과거 속에 누워 있는 자들부터 시작하겠습니다.

어렸을 때부터 나는 내 주위에 허구세계를 만들고, 존재하지 않는 친구들과 지인들에게 둘러싸여 있곤 했습니다.(물론 실제로 그들이 존재하지 않았던 건지, 아니면 바로 나 자신이 존재하지 않았던 건지는 모르겠습니다. 다른 모든 것과 마찬가지로 이런 데에서 우리는 독단적이지 않아야 합니다.) 자신을 '나'로 정의하는 사람으로서의 나를 인식하면서부터 나는 그 모습 속의 움직임, 성격, 이야기, 다양한 비현실적인 형상들을 정신적으로 그려내보곤 했던 것이 기억나는데, 그 형상들은 우리가 어쩌면 부당하게 현실적 삶이라고 부르는 것에서 나온 사물들처럼 뚜렷이 눈에 보이는 나의 것들이었습니다. 내가 '나'라고 기억할 때부터 그런 경향은 언제나 나와 함께 있었습니다. 나를 매료시키는 음악 스타일이 가볍게 바뀌기는 해도, 그 음악이 지닌 충만한 매력은 절대 달라지지 않는 것처럼요.

그렇게 내 첫번째 다른 이름, 또는 정확히 말하면 존재하지 않는 첫번째 지인이었던 듯한 사람을 기억하는데, 내가 여섯 살 때 나타난 슈발리에 드파라는 사람으로, 그를 통해 나는 나 자신에게 편지를 썼고, 완전히 흐릿하지만은 않은 그의 모습은 향수에 가까운 내 정서에 아직도 영향을 주고 있습니다. 그보다는 덜 뚜렷하고 이제는 이름이 떠오르지 않지만 그와 마찬가지로 분명히 외국인이었던 다른 인물을 기억하는데, 무엇 때문인지는 모르겠지만 그는 슈발리에 드파의 경쟁자였어요…… 이런 일이 모든 아이한테 일어나는 걸까요? 당연히 그럴 수도 있고, 아닐 수도 있겠지요. 하지만 지금도 그렇듯, 나는 그때도 그들과 함께 살고 있었습니다. 그들이 현실이 아님을 깨닫기 위해 엄청난 노력을 기울여야만 했던 만큼, 잘 기억하고 있으니 말입니다.

이 세상과 똑같지만 다른 사람들이 사는 또다른 세상을 내 주위에 창조하곤 하던 이런 성향은, 내 상상에서 떠난 적이 결코 없습니다. 이는 여러 단계를 거쳤는데, 그중에는 이미 성숙한 나이에 다음과 같은 것도 있었어요. 이런저런 이유로 나 자신, 또는 나 자신이라고 가정하는 것과는 완전히 이질적인 재치 있는 말이 떠오르곤 했습니다. 나는 그게 내 친구의 말인 양 곧바로 자연스럽게 말했지요. 내가 이름을 생각해내고 이야기를 만들어낸, 얼굴이나 키, 옷, 몸짓까지 눈에 선한 그 모습을 마주 보며 말하고 있기라도 하듯 말입니다. 그렇게 나는 전혀 존재하지 않았지만 거의 삼십 년이 지난 지금도 듣고 느끼고 보는 다양한 친구들과 지인들을 만들고 확산시켰습니다. 그들에게 향수를 느껴요.

(나는—타자기로 글쓰는 게 나에게는 말하는 것인데—말을 시작하면 억제하기가 어렵습니다. 카사이스 몬테이루, 당신을 지겹게 하진 않겠습니다. 이제 내 문학에서의 다른 이

름들이 어떻게 발생했는가라는 문제로 넘어갈 텐데, 실제로 당신이 알고 싶은 건 이것이겠죠. 어쨌든 내가 앞서 당신에게 들려준 이야기는 그들을 태어나게 해준 어머니에 대한 이야기입니다.)

내가 착각하는 게 아니라면(어쨌든 사소한 착각이겠지만), 1912년 무렵 이교도 성향의 시를 쓰고 싶다는 생각이 떠올랐습니다. 불규칙 운율을 지닌 운문으로 (알바루 드 캄푸스의 문체가 아닌 평범하고 정상적인 문체로) 초고를 썼고, 그걸 그냥 놔두었습니다. 그렇지만 내 안에서, 잘 조직되지 않은 반그늘에서 그 시를 쓰고 있던 인물의 모호한 초상이 형성되었습니다.(나도 모르는 사이에 히카르두 헤이스가 탄생한 것입니다.)

일 년 반인가 이 년쯤 지난 어느 날, 사카르네이루에게 장난을 치고 싶다는 생각이 머릿속에 떠올랐습니다. 복잡한 유형의 목가 시인을 만들어내고, 어떻게 했는지 기억은 나지 않지만 현실 속 사람처럼 그에게 소개하자는 것이었지요. 그런 시인을 만드는 데 며칠을 보냈지만 아무것도 떠오르지 않았어요. 마침내 포기한 어느 날(1914년 3월 8일이었지요), 나는 높직한 장롱으로 다가갔고, 틈날 때마다 그러듯이 종이를 들고 선 채로 글을 쓰기 시작했습니다. 성격을 정의할 수 없는 일종의 황홀경에 빠져 연달아 서른 편이 넘는 시를 썼지요. 내 삶에서 그날은 승리의 날이었고, 그 같은 날은 이후로 없었습니다. 나는 '양들의 보호자'라는 제목으로 시작했습니다. 뒤따라서 누군가가 내 안에 나타났고, 나는 곧바로 알베르투 카에이루라는 이름을 붙여주었지요. 이런 비합리적인 문장을 용서해주십시오. 내 안에 내 '스승'이 나타난 것입니다. 이것이 나의 즉각적인 느낌이었습니다. 서른 편이 넘는 시를 쓰자마자, 나는 다른 종이를 들고 페르난두 페소아의 「사선으로 내리는 비」를 구성하는 시 여섯 편을 연이어 썼을 정도이니 말입니다. 즉각적이고 총체적으로…… 페르난두 페소아-알베르투 카에이루가 페르난두 페소아 자신으로 돌아온 것입니다. 정확히 말하자면 알베르투 카에이루와 같은 자신의 비존재에 대한, 페르난두 페소아의 반발이었습니다.

알베르투 카에이루가 나타난 뒤로 나는 곧바로 본능적이고 무의식적으로 그에게 제자들을 찾아주기 시작했습니다. 잠자고 있던 히카르두 헤이스를 그의 거짓 이교 신앙에서 이끌어냈고, 이름을 찾아 그에게 맞춰주었지요. 당시 나는 벌써 그를 '보고' 있었으니까요. 그리고 갑자기 히카르두 헤이스와 정반대 성향의 새로운 인물이 충동적으로 떠올랐습니다. 순식간에 타자기에서 중단이나 수정 없이 알바루 드 캄푸스의 「승리의 송시」가 쓰였습니다. 그런 이름의 송시와 그런 이름을 가진 사람이 나타난 것이지요.

그러니까 나는 존재하지 않는 하나의 동아리를 만든 셈입니다. 그 모든 것을 현실의 형식으로 고정했지요. 나는 영향들을 살폈고, 우정들을 알았고, 내 안에서 다른 견해들이 벌이는 토론들을 들었는데, 이 전 과정에서 모든 것의 창조자인 나는 가장 덜 나타나는 사람 같았습니다. 모든 것이 나와 무관하게 생겨났다고 말하고 싶군요. 또 지금도 그렇게 생겨난다고 말하고 싶습니다. 언젠가 히카르두 헤이스와 알바루 드 캄푸스 사이의 미학 논쟁을 출판할 수 있다면, 그 둘이 서로 얼마나 다른지, 또 그 논쟁에서 내가 얼마나 아무것도 아닌지 보게 될 것입니다.

『오르페우』 제1호가 출간되기 직전, 쪽수를 채울 무엇인가를 찾아야 했습니다. 그래서 나는 사카르네이루에게 나 자신이 알바루 드 캄푸스의 '옛날' 시를 쓰겠다고 제안했지요. 알바루 드 캄푸스가 카에이루를 만나기 전에, 그의 영향을 받기 전에 썼을 것 같은 시지요. 그렇게 나는 「아편 판매소」를 썼고, 거기에서 알바루 드 캄푸스의 잠재적 성향, 나중에 드러나겠지만 아직 스승 카에이루와의 접촉 흔적이 전혀 없는 성향을 그 시에다 모두 담아내려고 애를 썼어요. 내가 쓴 시들 중에서 「아편 판매소」는 몰개성화의 이중적인 힘을 전개시켜 써야 했기 때문에 할일을 가장 많이 부과한 작품이었습니다. 하지만 결과적으로 잘못되지 않았다고 생각하며, 알바루 드 캄푸스를 핵심적으로 드러내고 있다고 생각합니다……

내 다른 이름들의 기원을 당신에게 설명했다고 믿습니다. 하지만 보다 분명한 설명이 필요한 부분이 있다면 말해주십시오. 기꺼이 설명해드리겠습니다. (나는 지금 서둘러 쓰고 있는데, 이렇게 급히 쓸 때에는 글이 아주 명료하진 않습니다.) 그리고 정말로 진실하고 히스테릭한 부연 설명입니다만, 알바루 드 캄푸스의 「내 스승 카에이루를 추모하는 글」의 몇 구절을 쓰면서 나는 진정한 눈물을 흘렸습니다. 사랑하는 카사이스 몬테이루, 누구와 관련되는지 당신이 잘 알겠지요!

이 주제와 관련하여 일러둘 다른 몇 가지가 있습니다……
무색이지만 현실적인 꿈의 공간에서 나는 카에이루, 히카르두 헤이스, 알바루 드 캄푸스의 얼굴과 몸짓을 눈앞에서 '봅니다.' 나는 그들에게 나이를 정해주고 삶을 만들어주었습니다. 헤이스는 1887년 포르투에서 태어났고(날과 달을 기억하지 못하지만 어디엔가 적어뒀지요), 의사이며, 현재는 브라질에 살고 있습니다. 알베르투 카에이루는 1889년에 태어났고 1915년에 죽었습니다. 리스본에서 태어났지만 시골에서 거의 평생을 보냈습니다. 직업도 없고 사실상 교육도 받지 않았습니다. 알바루 드 캄푸스는 1890년 10월 15일(페레이라 고메스[3]는 오후 한시 삼십분이라고 말하는데 사실입니다. 그 시간의 별자리는 정확한 것이었으니까요) 알가르베 지방의 도시 타비라에서 태어났습니다. 당신도 알다시피 그는 글래스고에서 공부한 조선공학자이지만, 현재는 전공과 관련된 일을 하지 않고 여기 리스본에 있습니다. 카에이루는 중간 정도 키에 몸이 약했지만(결핵으로 죽었지요) 실제로 그랬던 것처럼 언제나 약해 보이지는 않았습니다. 히카르두 헤이스는 약간, 아주 약간 더 작았고, 더 강했지만 말랐어요. 알바루 드 캄푸스는 큰 키에(백칠십오 센티미터로 나보다 이 센티미터 더 컸어요) 마른 몸은 약간 구부정했습니다. 모두 면도를 한 얼굴이었는데, 카에이루는 옅은 금발에 푸른 눈이었고, 헤이스는 연한 갈색 피부였고, 캄푸스는 약간 포르투갈 유대인 유형의 흰색과 갈색의 중간 피부였지만, 매끄러운 머리는 대개 한쪽으로 가르마를 타고 외알안경을 끼고 있었지요. 카에이루는 말했듯이 어떤 형태의 교육도 거의 받지 못하고 겨우 초등학교만 다녔고, 부모가 일찍 죽었으며, 적은 수

3 Augusto Ferreira Gomes(1892~1953). 페소아의 친구로 저널리스트였다.

입만 벌면서 부모가 남긴 집에서 살았습니다. 나이든 고모할머니와 살았지요. 역시 앞서 말했듯이, 히카르두 헤이스는 예수회 기숙학교에서 교육받은 의사였는데, 자신의 군주제 사상 때문에 자발적으로 망명하여 1919년부터 브라질에서 살고 있습니다. 교육받은 라틴학자였고, 독학으로 공부하여 어느 정도는 그리스학자이기도 했습니다. 알바루 드 캄푸스는 일반적인 고등교육을 받았고, 스코틀랜드로 공학을 공부하러 갔지요. 처음에는 기계공학, 나중에는 조선공학을 공부했습니다. 휴가 동안 동방으로 여행을 했고 거기에서 시 「아편 판매소」가 나왔습니다. 베이라의 어느 사제가 그에게 라틴어를 가르쳤습니다.

이 세 사람의 이름으로 어떻게 글을 쓰냐고요? ……카에이루는, 내가 글을 쓰기 시작하리라는 것을 모르고 또 예상도 못한 상황에서 순수하고 돌발적인 영감으로 씁니다. 히카르두 헤이스는, 곧바로 송시로 구체화되는 추상적인 성찰을 한 뒤에 쓰지요. 캄푸스는, 내가 무엇인지 모르지만 글을 써야겠다는 갑작스러운 충동을 느낄 때 씁니다.(한편으로 여러 면에서 알바루 드 캄푸스와 닮은 나의 반半 다른 이름 베르나르두 소아르스는 언제나 내가 피곤하거나 졸릴 때, 추론과 억제 능력이 다소 약해질 때 나타나는데, 그렇기에 그의 산문은 끊임없는 망상입니다. 그가 반 다른 이름인 것은 그의 개성이 나의 개성이 아닌데도 나의 개성과 다르지 않고, 단순히 그 일부를 잘라낸 것이기 때문이지요. 바로 분별력과 애정이 없는 나입니다. 그의 산문은, 분별력이 내 산문에 부여하는 섬세함을 제외하면 내 산문과 동일하고, 포르투갈어도 완전히 동일합니다. 반면에 카에이루는 포르투갈어를 잘 쓰지 못하고, 캄푸스는 합당하게 쓰긴 하지만 가령 '나 자신' 대신에 '나 자기'라고 말하는 등 말실수가 있지요. 헤이스는 나보다 잘 쓰지만, 내가 보기에 과장된 순수주의가 있어요. 나로서는 아직 출판되지 않은 헤이스 또는 캄푸스의 산문을 쓰는 것이 어렵습니다. 운문에서는 위장하기가 더 쉬운데, 더 자연스럽기 때문이기도 합니다.)

카사이스 몬테이루, 지금쯤 당신은, 비록 단지 편지 속에서지만, 운 나쁘게 정신병원 한가운데에 들어왔다고 생각하고 있겠지요. 어쨌든 무엇보다 최악은, 지금까지 내가 쓴 글의 비일관성입니다. 그러나 반복해서 말하지만 나는 당신에게 즉각 편지를 쓰기 위해, 지금 당신 얼굴을 보며 말하는 것처럼 쓰고 있다는 겁니다. 이러지 않으면 당신한테 편지를 쓰지 못한 채 몇 달이 지나갈 테니까요.

이제 오컬티즘에 대한 질문에 대답하는 일이 남았군요. 내가 오컬티즘을 믿느냐고 물었지요. 그리 명료한 질문은 아니군요. 하지만 이 질문의 의도를 내가 이해한 대로 답하겠습니다. 나는 우리 세계보다 우수한 세계들의 존재와 그런 세계 주민들의 존재를 믿고, 추정컨대 이 세계를 창조한 '최고의 존재'에 도달할 때까지 예민해져가는 영성의 다양한 단계들에 대한 경험을 믿습니다. 마찬가지로 다른 '최고의 존재'들이 있을 수 있고, 그들이 다른 우주들을 창조했을 수도 있고, 그 우주들이 상호침투하든 아니든 우리 우주와 공존할 수도 있습니다. 그런 이유와 다른 이유로 오컬티즘의 최고 결사 즉 프리메이슨은 (앵글로색슨 프리메이슨을 제외하면) 신학적이고 민중적인 함의 때문에 '하느님'이라는 표현을 피하는 대신 '우주의 위대한 건축가'라는 표현을 선호하는데, 이는 '그'가 세상의 '창조자'인지 아니면 단순한 통치자인지 백지로 남겨놓는 표현이지요. 그런 존재들의 층위들로 인해 나는 하느님과의 직접적인 소통은 믿지 않으며, 우리의 영성 수련에 따라 점점 더 높은 존재들과의 소통에는 도달할 수 있다고 믿습니다. 오컬트로 인도하는 길은 세 가지입니다. 마법의 길에는, 어쨌든 마법인 주술의 수준에서 지적으로 이루어지는 영성주의 실천 같은 실천들이 포함되는데, 이 길은 모든 의미에서 지극히 위험합니다. 신비의 길은, 그 자체로는 위험하지 않지만 느리고 불확실합니다. 연금술의 길이라 불리는 길은, 가장 어렵고 가장 완벽한 길입니다. 왜냐하면 커다란 위험은 없어도 오히려 다른 길과는 달리 보호를 받으며 그 길을 '마련해나가는,' 개성의 변환에도 대응해야 하기 때문입니다. '입문' 여부에 대해서는, 당신 질문에 대한 대답이 될지 모르겠으나 단지 이것만은 말할 수 있습니다. 나는 어떤 '입문자들의 결사'에도 속하지 않는다는 것입니다. 내 시 「에로스와 프시케」[4]의 제사로 '포르투갈 성전 기사단 제삼계급 의례'의 구절(『의례』가 라틴어로 되어 있기 때문에 번역된 구절)을 인용한 것은 단순히 (사실입니다) 1888년경부터 소멸되었거나 잠들어 있는 그 '결사'의 처음 세 계급의 의례를 들춰보았음을 가리킬 뿐입니다. 만약 잠들어 있던 게 아니라면, 그 '의례'의 구절을 인용하지는 않았을 테지요. 아직

4 *Eros e Psique*. 1934년 5월 『프레젠사』 제41~42호에 처음 발표되었다.

유효한 '의례'의 구절을 (그 기원을 지적하면서) 인용하는 건 하지 않아야 하니까요.

사랑하는 친구, 다소 일관성이 없긴 하지만 이렇게 나는 당신의 질문에 대답했다고 생각합니다. 하고 싶은 다른 질문이 있다면 망설이지 말고 하십시오. 가능한 한 성실히 대답하겠습니다. 앞으로 일어날 것에 대해서는(이에 대해서는 이제부터 당신이 나를 용서해주겠지요) 너무 서둘러 대답하지 않을 것입니다.

포옹과 함께 많은 존경과 경의를 표합니다.

페르난두 페소아

1935년 1월 14일

추신!!!

이 편지처럼 어떤 설명이 담긴 편지를 타자기를 쳐서 쓸 때면, 늘 보관용으로 만드는 사본 외에 추가 사본을 한 부 더 만듭니다. 혹시 이 편지가 분실되거나, 언제나 생길 수 있을 법한 다른 목적으로 당신이 필요하다고 할 경우를 대비해서 말입니다. 이 사본은 아무 때고 당신 마음대로 활용해도 좋습니다.

또 한 가지, 연구나 그 비슷한 목적을 위해, 당신이 앞으로 이 편지에서 일부 구절을 인용해야 할 수도 있겠지요. 지금부터 당신은 인용할 권리가 있습니다. '다만 한 가지 유보 사항'이 있는데, 이걸 강조하고 싶군요. 내 편지 7쪽에 있는 오컬티즘에 대한 구절은 인쇄되어서는 안 됩니다. 당신의 질문에 가능한 한 보다 분명하게 대답하고 싶은 욕망에 의도적으로 자연스러운 논의의 한계에서 약간 벗어났기 때문입니다.

이것은 사적인 편지라, 망설이지 않고 그렇게 썼지만요. 당신이 원한다면 누구에게든 그 구절을 읽어줘도 됩니다. 단지 그 다른 사람이 그 구절의 내용을 인쇄하지 않는다는 조건만 지켜준다면 말입니다. 그런 일은 일어나지 않을 거라고, 당신은 믿을 만한 사람이라고 생각합니다.

당신의 최근 책에 대해 당연히 써보냈어야 할 편지를 계속 보내지 못하고 있군요. 이전 편지에서 당신에게 말했다고 생각하는 것을 나는 꼭 지킬 겁니다. 2월이나 되어야겠지만, 이스토릴[5]에 가서 며칠 보낼 예정인데, 그 주제에 대해 당신뿐만 아니라 다른 많은 사람에게도 빚지고 있으니, 그때에 편지를 정리할 생각입니다.

내가 이미 당신한테 물었으나 아직 답을 듣지 못했으니 또다시 물어야겠습니다. 얼마 전 당신에게 보낸 내 영어 시들을 받았습니까?

상업적인 용어로 이렇게 말하듯, '관리를 위해' 이 편지를 받았는지도 가능한 한 빨리 알려주기 바랍니다. 감사합니다.

페르난두 페소아

5 포르투갈 중서부에 자리한 도시 카스카이스의 소읍.

『양들의 보호자』 8번 시[1]

VIII

봄이 끝나가던 어느 날 정오
나는 사진 같은 꿈을 꾸었어.
지상에 내려오는 예수 그리스도를 보았지.
어느 산의 경사면을 따라 내려왔어,
어린이로 되돌아가
풀밭에서 달리고 구르면서,
꽃들을 꺾고 내버리면서,
멀리에서 들리도록 웃으면서.

하늘에서 달아난 것이야.
삼위일체의 둘째 위격으로
위장하기에는 우리와 너무 똑같았어.
하늘에서는 모든 것이 거짓이었고, 모든 것이
꽃과 나무와 돌멩이와 어울리지 않았어.
하늘에서는 언제나 진지해야 했고,
이따금 또다시 사람이 되어야 했고,

1 원제는 O Guardador de Rebanhos. 타부키의 이탈리아어 번역본을 토대로 포르투갈어 원본을 참조하면서 번역했다. 다만 행과 연의 나누기는 http://casafernando-pessoa.cm-lisboa.pt에서 제공하는 텍스트를 따랐다.

십자가에 다시 올라가고, 언제나
머리에 가시투성이 관을 쓰고,
두 발에는 못이 박히고,
심지어 삽화에 나오는 흑인들처럼
허리에 누더기를 두른 채 죽어야 했어.
다른 아이들처럼
아버지와 어머니를 갖는 것도 허용되지 않았어.
그의 아버지는 두 명으로,
요셉이라는 노인은 목수였는데
그의 아버지는 아니었지.
다른 아버지는 멍청한 비둘기,
세상에서 유일하게 보기 흉한 비둘기였어.
이 세상 출신도 아니고 비둘기도 아니었으니까.
그리고 어머니는 그를 갖기 전에 사랑이란 걸 하지 않았어.
여자가 아니었지, 그러니까 하나의 가방이었는데,
하늘에서 내려온 그가 거기에 담겨 있었던 거야.
그런데 단지 어머니에게서만 태어났고,
사랑하고 존경할 아버지도 전혀 없었던 그가
선과 정의를 설교하기를 바랐다니!

어느 날 하느님은 잠자고
성령은 날아다니는 동안,
그는 기적의 상자로 가서 기적 세 개를 훔쳤어.
첫번째로 자기가 달아난 것을 아무도 모르게 만들었고,
두번째로 자신을 영원한 사람이자 어린이로 창조했고,

세번째로 영원토록 십자가에 있는 그리스도를 창조했고,
그가 하늘에 있는 십자가, 다른 십자가들의 모델이 되는
십자가에 못박히게 했어.
그리고 태양을 향해 달아나다
마주친 첫번째 햇살을 타고 내려왔지.

지금은 나와 함께 우리 마을에 살고 있어.
자연스러운 웃음을 지닌 아름다운 어린이야.
오른팔로 코를 닦고
웅덩이에서 물장난을 하고
꽃을 꺾고 그 꽃을 사랑하고는 잊어버리지.
당나귀에게 돌을 던지고
과수원에서 과일을 훔치고
울고 비명을 지르며 개들에게서 달아나지.
그리고 아가씨들이 싫어하지만
모든 사람이 즐긴다는 것을 알기에,
아가씨들이 머리에 항아리를 이고
무리를 지어 길을 지나갈 때면
그 뒤로 달려가
치마를 들춰올리지.

나에게 모든 것을 가르쳐줬어.
사물들을 바라보는 법을 가르쳐줬어.
꽃 안에 있는 모든 것을 가리키고,
돌멩이를 손에 들어

천천히 바라보면 돌멩이가
얼마나 아름다운지 내게 보여주지.

하느님에 대해서는 무척 나쁘게 말해.
멍청하고 병든 노인이며
언제나 바닥에 침을 뱉고
상스러운 말을 한다고 해.
동정녀 마리아는 뜨개질하면서 영원의 저녁시간을 보내고,
성령은 부리로 몸을 긁으며
의자 위에 웅크려 앉아 의자를 더럽힌대.
하늘에서는 모든 것이 가톨릭교회처럼 어리석대.
하느님은 자기가 창조한 것들에 대해
아무것도 이해하지 못한다는 거야.—
"그가 그것들을 창조했다고 하는데 나는 의심이 들어."—
"예를 들면 그는 모든 존재가 자신의 영광을 노래한다고
말하지만,
존재들은 아무것도 노래하지 않아.
만약 노래한다면 가수들이겠지.
존재들은 그저 존재할 뿐이야.
그렇기 때문에 존재라고 부르지."

그런 다음 하느님을 나쁘게 말하는 데 지친
어린 예수는 내 팔에서 잠들고
나는 그를 안아 집으로 데려가.

……

그는 언덕 중턱에 있는 내 집에서 나와 함께 살아.
그는 영원한 어린이, 뭔가 부족한 신이야.
그는 자연스러운 인간 같고,
미소짓고 놀이하는 신 같아.
그렇기에 나는 아주 확실하게
그가 진정한 어린 예수라는 것을 알아.

그리고 신성하기에는 너무나 인간적인 그 어린이는
시인으로서 나의 이런 일상적 삶이지,
언제나 이 어린이가 함께 걸으니 나는 언제나 시인이야,
아주 사소한 내 시선도
나를 감동으로 채우고,
어디서 오는 것이든 아주 작은 소리도
나와 함께 말하는 것 같아.

내가 사는 곳에 사는 새로운 어린이는
한 손은 나에게,
다른 한 손은 존재하는 모든 것에게 주고,
그리하여 우리 셋은 어떤 길이든 함께 가지.
뛰고 노래하고 웃으면서,
온 사방을 알고 있고
세상에는 신비가 없으며
모든 것은 그 나름대로 가치가 있다는
우리만의 비밀을 즐기면서.

영원한 어린이는 언제나 나와 함께 있어.
내 시선의 방향은 그의 손가락이 가리키는 곳이야.
모든 소리에 즐겁게 관심을 기울이는 내 청각은
그가 농담하면서 내 귀를 자극하는 간지럼이야.

우리는 모든 것과 함께
각자 상대방과 너무 잘 지내고 있어서
각자 상대방을 전혀 생각하지도 않고,
마치 오른손과 왼손처럼
친밀히 화합해
둘이서 하나처럼 살고 있지.

날이 어두워지면 집 문가에서
우리는 공깃돌 다섯 개를 갖고 놀지.
신과 시인에게 어울리는 진지함으로,
마치 각각의 공깃돌이
우주 전체나 되는 것처럼,
그래서 혹시 바닥에 떨어지기라도 하면
큰일이라도 날 것처럼.

그리고 나는 단지 사람들에 대한 이야기만 들려주지,
그는 믿을 수 없는 이야기에 놀라 미소짓고.
왕들과 왕이 아닌 자들에 관한 이야기에 웃고,
전쟁과 교역,
먼바다의 허공에서 연기가 되는

배들에 대한 이야기를 들으며 잠이 들지.
그 모든 것에는
꽃이 봉오리를 피워내면서 갖는 진리,
햇빛과 함께 가며
산과 계곡을 변화시키고
회벽으로 인해 눈이 아픈, 그런 진리가 없다는 것을 아니까.

그리고 그는 잠들고 나는 잠자리에 그를 눕히지.
팔에 안고 집 안으로 들어가
그를 눕힌 뒤 천천히 옷을 벗겨.
벌거벗을 때까지, 매우 정결한,
모든 어머니가 행하는 의례를 따르듯.

그는 내 영혼 안에서 잠자고
때로는 밤에 깨어나
내 꿈들을 갖고 놀지.
일부는 허공으로 던져 거꾸로 뒤집고
일부는 다른 것과 포개어 뒤섞으면서
혼자 손뼉치며
내 잠을 향해 미소를 짓네.

……

아이야, 내가 죽을 때
어린이가, 가장 작디작은 아이가 될 수 있다면.

네가 나를 팔에 안고
네 집 안으로 나를 데려가.
고단하고 인간적인 내 존재의 옷을 벗기고
네 침대에 뉘어줘.
그리고 이야기를 들려줘, 혹시라도
내가 깨면 다시 잠들도록.
그리고 내가 가지고 놀도록 네 꿈을 줘,
날이 밝을 때까지.
그게 뭔지 네가 알 테니까.

……

이것이 내 어린 예수의 이야기야.
무엇 때문에 이것이
철학자들이 생각하는 모든 것보다,
종교들이 가르치는 모든 것보다,
더 진실하지 않다는 거지?

오펠리아 케이로스에게 보낸 편지 일곱 통

1920년 3월 22일

내 아기 천사,

당신에게 편지 쓸 시간이 그리 많지 않아요. 실은, 내 작은 사랑, 당신에게 말할 게 별로 없긴 해요. 내일 아르세나우 거리[1]에서 당신 언니네까지 가는, 유감스럽게도 짧은 시간 동안이지만, 그때 대화하면서 좀더 말할 시간이 나겠지요.

당신이 걱정하지 않았으면 해요. 당신 성격처럼 즐거운 모습을 보고 싶어요. 걱정하지 않겠다고, 적어도 걱정하지 않으려고 최대한 노력하겠다고 약속해줘요. 걱정할 이유가 전혀 없어요. 나를 믿어요.

귀여운 아기, 들어봐요…… 운이라곤 없는 내게 당신이 원한 한 가지 약속을 지키는 일이 처음엔 불가능해 보였지만, 지금은 훨씬 가능성이 커 보여요. 당신은 크로스 씨가 참가한 대회의 큰 상금들 중에서 천 파운드 상금을 받았으면 하잖아요. 만약 일이 그렇게 된다면 우리에게 얼마나 큰 의미일지 상상도 안 되오! 그리고 오늘 받은 영어 신문에서 봤는데,

1 바이샤 지구 남쪽에 있는 거리 이름.

그가 벌써 일 파운드 단계에 있으니, (운이 별로 안 따르는 경연에 그가 있긴 해도) 모든 게 가능해졌어요. 현재 크로스 씨는 대략 경쟁자 이만 명 중에서 '열두번째'예요. 그러니 언젠가 일등을 할 수도 있지 않겠소? 아, 내 작은 사랑, 바로 이 대경연에서 (아무것도 해결하지 못할 삼백 파운드가 아니라 천 파운드 경연에서) 그렇게 된다면! 알겠소?

나는 조금 전 이스트렐라[2]에서 돌아왔어요. 우리가 사층에 있는 칠만 헤알[3]짜리 방을 보러 갔던 곳이지요. (실은 사층에 아무도 없어서 당연히 똑같은 방들일 테니 이층을 보고 왔어요.) 결국 나는 집을 바꾸기로 결정했다오. 집이 어찌나 멋지고 근사한지! 내 어머니와 형제들, 간호사, 아주머니한테도 충분한 집이오. 그리고 나에게도 말이오. (하지만 이 점에 대해서는 당신에게 다른 할 말이 있고, 그것은 내일 말하지요.)

안녕, 내 사랑. 크로스 씨를 잊지 말아요, 알겠죠? '그는 우리에게 깊은 우정을 갖고 있다'고 생각해요. 나와 당신한테 매우 유익할 거예요.

매 순간 수만 번 키스를 보냅니다.

당신의, 언제나 당신의

페르난두

2 리스본의 교구로, 페소아는 1920년 3월 29일 이스트렐라 성당 북쪽 코엘류다로샤 거리의 집으로 이사하여 죽을 때까지 거기에서 살았다.

3 포르투갈의 예전 화폐 단위.

1920년 4월 5일

내 귀엽고 작은 아기,
나는 지금 집에 혼자 있어요. 벽에 (그렇군요! 천장이나 바닥에 붙을 수도 있겠지요?) 도배된 종이같이 달라붙어 있는 지식인을 제외하면. 그 사람은 신경도 안 쓴답니다. 귀여운 아기, 약속한 대로 당신한테 이 편지를 쓰고 있어요. 단 한 가지, 위장하는 기술만 빼면, 당신은 나쁜 여자라는 걸 말해주려고요. 그 기술로 치면 당신이 최고니까.

알아요? 지금 내가 당신한테 편지를 쓰고 있긴 하지만, '당신 생각을 하는 건 아니에요.' 나는 지금 '비둘기 사냥'을 하던 시절의 향수를 생각하고 있거든요. 알다시피 그건 당신과 아무 상관이 없으니……

오늘 우리 산책은 훌륭했죠? 당신도 기분좋고, 나도 기분좋고, 하루가 기분이 좋았으니 말예요.(내 친구 A. A. 크로스는 기분이 별로였어요. 하지만 건강은 좋아요. 일 파운드의 건강, 감기 들지 않기에 충분할 정도지요.)

내 필체가 약간 이상하다고 놀라지 말아요. 두 가지 이유가 있어요. 첫째 이유는 이 종이(내가 쓸 수 있는 유일한 종이)가 너무 매끄러워서 펜이 너무 빨리 미끄러지기 때문이에요. 둘째 이유는 집에서 훌륭한 포르투 포도주 한 병을 발견해서, 마개를 열고 벌써 절반을 마셨기 때문이지요. 셋째 이유는 단지 두 가지 이유만 있고, 따라서 세번째 이유는 전혀 없다는 것이에요.(공학자 알바루 드 캄푸스)

내 사랑, 언제 우리 단둘이 따로 만날 수 있을까요? 입술 느낌이 이상해요. 알다시피 오래전부터 키스를 하지 못했기 때문이라오…… 내 목에 올라앉은 작은 아기! 깨물어주고 싶은 내 아기! 내 아기…… (그러면 아기는 난폭해져서 나를 때리겠지요……) '끔찍한 유혹 덩어리' 나는 당신을 그렇게 불렀지요. 언제까지나 그렇게 불릴 몸, 그렇지만 내게서 멀리 있군요.

내 아기, 이리 와요, 당신의 니니뉴[4]에게 와요. 니니뉴 품에 안겨요. 당신의 앙증맞은 입술을 니니뉴 입술에 맞춰요…… 어서요…… 나는 너무 외로워요. '입맞춤이 너무나 그리워요.'

당신이 '진정' 나를 그리워한다는 확신만 있다면! 적어도 조금은 위안이 되련만…… 하지만 당신은 아마 양치질하던 젊은이, D. A. F.의 젊은이, C. D. 회사의 회계사보다 날 덜 생각할 테지요. 나빠, 나빠, 나빠, 나빠, 나빠!!!……

당신은 엉덩이 좀 맞아야 해요.

안녕. 내 정신이 진정되도록 양동이에 머리나 처박으러 가야겠어요. 모든 위인들이 그렇게 하지요. 최소한 1) 정신 2) 머리 3) 양동이가 있을 때 말이오.

당신에게 키스를, 세상이 계속되는 한 매 순간 계속되는 키스를 보냅니다.

당신의, 언제나 당신의
페르난두

4 페소아가 오펠리아와의 사이에서 부르던 자신의 애칭.

1920년 10월 15일

내 작은 아기,

당신은 수천 가지, 수백만 가지 이유로 나한테 화나고 싫증나고 짜증이 났겠죠. 하지만 내 잘못이 아니에요. 그건 운명 탓이에요. 그러니까 결정적인 건 아닐지언정 분명 신중한 치료가 필요한 상태로 내 두뇌를 몰고 가는 운명 탓이에요.

(이제 5월 11일의 유명한 법령에 기대지 않고도) 다음달 병원에 입원할 계획이고, 거기서 내 정신 위로 엄습하는 검은 파도에 저항할 수 있게 날 도와줄 치료를 받았으면 하니 말이오. 치료 결과가 어떨지는 모르겠어요. 예상할 수 없군요.

날 기다리지 말아요. 만약 당신을 보러 간다면 아침이 될 테고, 그때면 당신은 포수노부에 있는 사무실로 가고 있을 테니 말입니다.

걱정하지 말아요.

결국 뭐가 문제였느냐고요? 내가 날 알바루 드 캄푸스와 혼동했지 뭡니까!

언제나 당신의

페르난두

1920년 11월 29일

오펠리아,
당신의 편지에 감사하오. 그 편지는 내게 고통이자 위안이었어요. 고통스러웠다는 건 언제나 이런 편지가 고통을 가져다주기 마련이니 그런 거고, 위안이 되었다는 건 진정 유일한 해결책이 이것뿐이니, 즉 내 쪽에서든 당신 쪽에서든 더이상 사랑으로 정당화할 수 없는 이 상황을 질질 끄는 걸 그만두기 위함이니 그랬다는 겁니다. 내게는 최소한 깊은 존중, 변함없는 우정이 남아 있다오. 당신도 그렇다는 걸 부정하진 않겠지요, 그렇죠?

일이 이렇게 된 건 당신 탓도, 내 탓도 아니에요. 단지 운명 탓일 거예요. 운명이 잘못을 탓할 수 있는 사람이라면 말이오.

얼굴과 머리칼을 늙게 하는 시간은 격렬한 애정도 훨씬 더 빨리 늙게 하지요. 사람들은 대부분 어리석기에 이걸 깨닫지 못하고, 자신들이 사랑하는 것도 습관이 되니까 여전히 사랑한다고 생각하지요. 만약 그렇지 않다면 세상에 행복한 사람은 없을 것이오. 하지만 우월한 창조물들은 그런 환상의 가능성을 빼앗겼지요. 사랑이 지속된다는 것을 믿지 못하기 때문이고, 또 사랑이 끝났음을 느낄 때도 사랑 또는 사랑이 남긴 고마움이 자신을 어떻게 평가하는지 이해하려는 잘못을 저지르기 때문이오.

그런 것은 고통을 주지만, 고통은 지나가지요. 모든 것을 이루는 삶 자체가 종말을 향해 지나간다면, 단지 삶의 일부가 되는 사랑과 고통, 다른 모든 것도 어찌 지나가지 않을 수 있겠소?

편지에서 당신이 보여준 태도는 부당하지만, 나는 이해하고 용서해요. 분명 짜증이 나고 아마 고통도 느끼면서 썼을 테니까. 하지만 남자든 여자든 누구라도 대부분 이런 상황이라면 훨씬 신랄한 어조로 훨씬 부당한 말을 썼을 거예요. 하지만 귀여운 오펠리아, 당신은 놀라운 성격을 갖고 있어서 짜증이 나도 나빠지지 않아요. 당신이 결혼하면, 그에 맞는 행복을 갖지 못하는 일이 있어도 그게 분명 당신 탓은 아닐 거예요.

나로서는……

사랑은 지나갔어요. 하지만 나는 당신에게 변함없는 애정을 갖고 있고, 당신의 우아한 모습, 소녀 같은 태도, 당신의 부드러움, 헌신, 경탄할 만한 성격을 절대로 (믿어요, 절대로) 잊지 않을 것이오. 당신 것이라고 생각하는 그런 자질이 내 환상일 수 있지만, 나는 환상이 아니라고 믿고 있으며, 만약 그렇더라도 그 탓을 당신에게 돌릴 정도로 비열하지 않아요.

편지나 다른 무엇을 당신에게 돌려줬으면 할지 모르겠군요. 나는 아무것도 돌려주고 싶지 않고, 당신 편지들을 간직하고 있었으면 해요. 모든 과거처럼 죽은 과거의 생생한 기억으로, 세월의 흐름 속에 불행과 실망을 향해 나란히 나아가는 내 삶 같은 삶에서 감동적인 것으로 말이에요.

당신이 언제나 천박한 보통 사람들처럼 행동하지 않기를 바라오. 우연히 마주칠 때 내게서 고개를 돌리지 말고, 나에 대한 기억을 원한 속에 갖지 말라고 말입니다. 우리는 서로를 어렸을 때부터 알았고, 어렸을 때부터 조금은 사랑해왔으니, 성인의 삶에서 다른 길을 가고 다른 애정을 지녔더라도 오래되고 불필요한 사랑의 깊은 기억을 마음 한쪽에 언제나 간직한 두 사람이 되었으면 좋겠어요.

그 '다른 애정'과 '다른 길'이, 귀여운 오펠리아, 혹시 당신과 함께하더라도, 분명히 나와 함께하지는 않을 것이오. 내 운명은, 귀여운 오펠리아는 그 존재를 모르는 다른 법칙에 속하고, 또한 용서하지 않고 허용하지 않는 스승들에게 점점 더 복종하며 종속되게 되었어요.

내 말을 이해할 필요 없어요. 내가 영원히 당신을 기억할 테니, 그처럼 나를 다정하게 기억해주는 것으로도 충분해요.

페르난두

아벨,[5] 1929년 9월 25일

존경하는 오펠리아 케이로스 양,
페르난두 페소아라는 초라하고 비천한 개인, 저의 특별한 친구이자 사랑하는 친구가—(복종과 훈련의 예시로서) 심지어 파리 한 마리라 해도 그 어떤 소통도 하지 못하게 그를 가로막고 있는 자신의 정신 상태를 고려해서—존경하는 귀하에게 이렇게 전달해달라고 저에게 요청했습니다. 그러니까 존경하는 귀하는 1) 몸무게가 빠지는 것, 2) 적게 먹는 것, 3) 잠자지 않는 것, 4) 열이 나는 것, 5) 위에 언급된 그 개인을 생각하는 것이 금지되었다는 것입니다.

저로서는, 전달사항을 저한테 떠맡긴 그 쓸모없는 사람의 가깝고 진정한 친구로서 제가 희생정신을 다해 존경하는 귀하에게 충고하건대, 이토록 충분히 종이를 망쳐가면서 언급하게 된 그 사람에 대해 우연히 형성되었을 정신적 이미지를 붙잡아, 그것을 하수구에 던져버리십시오. 세상에 정의가 있다면, 그런 거짓 인간 실체가 마땅히 받아야 할 그런 정당한 운명을 부여하는 일 따위는 물리적으로 불가능하기 때문입니다.

존경하는 귀하께 제 인사를 전합니다.

조선공학자
알바루 드 캄푸스

5 리스본 판케이루스 거리에 아벨 페레이라 다 폰세카라는 선술집이 있었다. 그곳에서 포도주를 마시는 페소아의 유명한 사진도 남아 있는데, 페소아는 1929년 그 사진을 오펠리아에게 보냈다.

1929년 9월 26일

귀엽고 작은 오펠리아,
당신이 나를 좋아하는지 모르겠지만, 바로 그 때문에 이 편지를 쓰고 있어요.

당신이 내일 우리가 다섯시 십오분에서 다섯시 반 사이에 전차 정거장에서 만날 때까지 나를 보고 싶지 않다고 말했기 때문에, 나는 정확히 거기에 있을 거예요.

하지만 공학자 알바루 드 캄푸스 씨가 내일 거의 하루종일 나와 함께 있어야 하는 상황이기 때문에, 지금은 기억나지 않는 색깔의 어느 창문을 향해 가는 동안 그 신사가 함께 있는 것(그래도 기분 좋은 그 동반)을 피할 수 있을지는 모르겠어요.

그리고 방금 말한 내 오랜 친구가 당신에게 할 말이 있답니다. 무엇에 관한 것인지 나에게 설명해주기를 거부하지만, 그가 함께 있으면서 무슨 일인지 나에게, 또는 당신에게, 또는 우리에게 말할 기회가 있을 것으로 기대하고 또 믿어요.

그때까지 나는 침묵하고, 관심을 기울이고, 기다리고 있을 거예요.

그럼 내일 만나요, 달콤한 입술.

페르난두

1929년 9월 29일 일요일

귀여운 오펠리아,

나는 지금 편지를 쓰는 중인데, 당신에게 편지를 안 썼다고 말하고 싶진 않기 때문이라오. 실제로도 당신한테 편지를 안 쓰긴 했으니까요. 약속한 대로 한 줄을 쓰지는 않을 테지만, 그렇다고 많은 줄도 아닐 거예요. 나는 아파요. 어제 있었던 일련의 걱정과 불쾌함이 주요 원인이지요. 내가 아프다는 걸 당신이 믿고 싶지 않다면, 당신은 곧이곧대로 그렇게 할 테죠. 하지만 믿지 않는다고 나에게 말하지는 말기 바랍니다. 누군가 그것을 의심하건 말건, 혹은 마치 그게 내 의지에 달려 있는 것처럼 내 건강 상태에 대해 묻건 말건, 또 그래서 내가 누군가한테 왜 그런지에 대해 뭐든 설명해야 하건 말건 상관없이, 나는 내가 아프다는 것만으로도 질리니 말입니다.

카스카이스로 옮기는 것과 관련해 당신한테 한 말은(카스카이스라고 했어도, 리스본 밖에 있으나 가까운 곳을 말하려 했던 거니, 그게 신트라나 카시아스[6]를 의미할 수도 있겠죠) 최소한 의도에 있어서는 순수한 진실입니다. 나는 자기 역량을 충분히 지배하고 지성이 최대한의 힘과 역량에 도달한 나이가 되었어요. 그러므로 지금은 내 문학작품을 실현할 순간이에요. 어떤 것은 완성하고, 어떤 것은 수집하고, 또 써야 할 것은 쓰면서 말이오. 그 작품을 실현하기 위해서는 평온함과 어느 정도의 고립이 필요해요. 불행히도 나는 일하는

6 신트라는 리스본 북서쪽의 고장이고, 카시아스는 리스본 서쪽의 가까운 소읍이다.

사무실을 그만둘 수 없어요.(물론 다른 수입이 없기 때문이지요.) 그 대신 일주일에 이틀만 일에 할애하고 나머지 날들은 완전히 내 마음대로 쓸 수 있지요. 그래서 카스카이스 이야기를 꺼낸 거라오.

내 모든 미래의 삶은 그것을 짧은 시간 안에 할 수 있느냐 없느냐에 달려 있어요. 더구나 내 삶은 문학작품 주위를 돌고 있어요. 그것이 훌륭하든 초라하든, 어떤 것이든 말이오. 삶의 나머지 모든 것은 나에게 이차적이에요. 물론 갖고 싶은 것도 있고, 갖게 되든 말든 전혀 상관없는 것도 있어요. 나와 관계있는 사람은 모두 내가 그렇다는 것을 이해할 필요가 있어요. 일상적이고 평범한 사람의 가치 있는 감정들을 나에게 요구하는 것은, 푸른 눈이나 금발을 가지라고 요구하는 것과 같아요. 그리고 내가 다른 사람인 것처럼 나를 대하는 것은 내 애정을 유지하기에 좋은 방법이 아닙니다. 그런 대우가 적절하다 싶은 사람, 내가 아닌 '누군가'에게 가서 그런 대우를 구하는 게 낫지요.

귀여운 오펠리아, 나는 당신이 좋아요, 정말 좋아요. 당신의 성격과 성향이 정말 좋아요. 내가 결혼한다면 그 상대는 오로지 당신뿐입니다. 결혼이나 가정, 또는 다른 이름으로 부르는 어떤 것이, 나의 내면적 삶과 조화될 수 있는 삶의 형식인지 알아야겠지요. 의심이 들어요. 현재로서는 가능한 한 빨리 일과 사색이 조화되는 삶을 이루고 싶어요. 만약 그러지 못한다면 분명히 결혼 계획 따위는 생각조차 할 수 없을 거예요. 그리고 만약 (어떻게 부르든 상관없이) 결혼 또는 가정으로 얽히는 게 나의 내면적 삶에 방해가 된다면, 나는 결코 결혼하지 않을 겁니다. 하지만 안 그럴 수도 있어요. 미래가, 가까운 미래가 말해줄 겁니다.

현재로서는 그렇고, 그게 사실일 수도 있어요.

안녕, 귀여운 오펠리아. 먹고, 잠자고, 여위지 말아요.

당신에게 충실한
페르난두

인용문 출처

「사람들이 가득한 트렁크Un baule pieno di gente」, 『단일한 다수*Una sola moltitudine*』 제1권, Milano: Adelphi, 1979.

「하나의 삶, 여러 개의 삶Una vita tante vite」(마리아 조제 드 랑카스트르Maria José de Lancastre와 공동 집필), 『단일한 다수』 제1권, Milano: Adelphi, 1979.

「알바루 드 캄푸스, 형이상학적 공학자Álvaro de Campos, ingegnere metafisico」, 페르난두 페소아, 『알바루 드 캄푸스의 시 아홉 편과 본명으로 쓴 시 일곱 편*Nove poesie di Álvaro de Campos e sette poesie ortonime*』, Bologna: Baskerville, 1988.

「한 어린이가 풍경을 가로지른다Un bambino attraversa il paesaggio」, 『거울의 연감*Almanacco dello Specchio*』, Milano: Mondadori, 1980.

「베르나르두 소아르스, 불안하고 잠 못 이루는 사람Bernardo Soares, uomo inquieto e insonne」, 페르난두 페소아, 『불안의 책*Libro dell'Inquietudine*』, Milano: Feltrinelli, 1986.

「한 줄기 담배 연기. 페소아, 스베보, 그리고 담배Un fil di fumo. Pessoa, Svevo e le sigarette」(「페르난두 페소아의 담배Le sigarette di Fernando Pessoa」라는 제목으로 발표되었음), 여러 저자,

『시인과 허구. 페르난두 페소아에 대한 글들*Il poeta e la finzione. Scritti su Fernando Pessoa*』, Genova: Tilgher, 1983.

「연애편지들에 대해Sulle lettere d'amore」(「외투 차림의 파우스트Un Faust in garbadine」라는 제목으로 출판되었음), 페르난두 페소아, 『연인에게 보낸 편지*Lettere alla fidanzata*』, Milano: Adelphi, 1988.

「『뱃사람』: 난해한 수수께끼?"Il marinaio": una sciarada esoterica?」와 「『뱃사람』을 번역하면서Traducendo "Il marinaio"」, 페르난두 페소아, 『뱃사람』, Torino: Einaudi 1988.

「파우스트에 대한 메모Nota al "Faust"」, 페르난두 페소아, 『파우스트*Faust*』, Torino: Einaudi 1989.

「안드레아 찬초토와의 인터뷰Intervista con Andrea Zanzotto」, 『포르투갈 노트*Quaderni potoghesi*』 제2권, Pisa, 1977년 가을.

부록에 실린 페르난두 페소아의 텍스트들을 출판하도록 허락해 준 아델피 출판사와 편집자들에게 특별히 감사드린다.

「다른 이름들의 발생에 대해 아돌푸 카사이스 몬테이루에게 보낸 편지Lettera a Adolfo Casais Monteiro sulla genesi degli eteronimi」와 「『양들의 보호자*Il guardiano di greggi*』 8번 시」, 『단일한 다수』 제1권 & 제2권, Milano: Adelphi, 1979 & 1984.

「오펠리아 케이로스에게 보낸 편지 일곱 통Sette lettere a Ofélia Queiroz」, 『연인에게 보낸 편지*Lettere alla fidanzata*』, Milano: Adelphi, 1988.

안토니오 타부키 연보

1943년 9월 24일 이탈리아 피사에서 태어남.

1949년 피사 근처의 작은 소읍 베키아노에 있는 외갓집에서 어린 시절을 보냈고, 외삼촌의 서재에서 수많은 외국 문학작품을 읽음. 베키아노에서 의무교육을 마침.

1964년 피사 대학 인문학부 입학. 대학 시절, 자신이 읽은 작가들의 흔적을 찾아보기 위해 여러 차례 유럽을 여행함. 그중 파리 소르본 대학에서 수업을 청강하다 포르투갈 시인 페르난두 페소아를 알게 되고, 그의 이명 중 하나인 '알바루 드 캄푸스'라는 이름으로 나온 시집 『담배 가게*Tabacaria*』 프랑스어판을 어느 헌책 노점에서 입수해 읽고는 매혹당함. 이후 이탈리아로 돌아와 페소아 연구를 위해 시에나 대학에서 포르투갈어와 문학을 공부함.

1969년 논문 「포르투갈의 초현실주의」로 시에나 대학 졸업.

1970년 포르투갈에서 만난 마리아 조제 드 랑카스트르와 결혼. 이후 부부가 함께 이탈리아어로 페소아 작품을 번역해 소개하고 연구서 및 에세이도 펴냄.

1973년 볼로냐에서 포르투갈어와 문학을 가르침.

1975년 『이탈리아 광장*Piazza d'Italia*』 출간.

1978년 제노바 대학에서 포르투갈어와 문학을 가르침. 『작은 배*Il Piccolo naviglio*』 출간.

1981년 『거꾸로 게임과 다른 이야기들*Il gioco del rovescio e altri racconti*』 출간.

1983년 『핌 항구의 여인*Donna di porto Pim*』 출간. 좌파 성향 신문 〈라 레푸블리카〉 근무.

1984년 첫 성공작 『인도 야상곡*Notturno indiano*』 출간.

1985년 『사소한 작은 오해들*Piccoli equivoci senza importanza*』 출간. 1987년까지 리스본 주재 이탈리아 문화원장을 지냄.

1986년 『수평선 자락*Il filo dell'orizzonte*』 출간.

1987년 『베아토 안젤리코와 날개달린 자들*I volatili del Beato Angelico*』 『페소아의 2분음표*Pessoana Minima*』 출간. 『인도 야상곡』으로 프랑스 메디치 외국문학상 수상.

1988년 희곡 『빠져 있는 대화*I dialoghi mancati*』 출간. 〈일 코리에레 델라 세라〉 근무.

1989년 포르투갈 대통령이 수여하는 '엔히크 왕자 공로훈장'을 받았고, 같은 해 프랑스 정부로부터 '문화예술 공로훈장'을 받음. 프랑스 감독 알랭 코르노가 『인도 야상곡』 영화화함.

1990년 『사람들이 가득한 트렁크*Un baule pieno di gente*』 출간. 시에나 대학에서 교편을 잡음.

1991년 『검은 천사*L'angelo nero*』 출간. 먼저 포르투갈어로 『레퀴엠*Requiem*』 출간.

1992년 『레퀴엠』 이탈리아어판 출간, 이탈리아 PEN클럽상 수상. 『꿈의 꿈*Sogni di sogni*』 출간.

1993년 페르난두 로페스가 〈수평선 자락〉 영화화함.

1994년 『페르난두 페소아의 마지막 사흘*Gli ultimi tre giorni di Fernando Pessoa*』『페레이라가 주장하다*Sostiene Pereira*』 출간. 『페레이라가 주장하다』로 비아레조상, 캄피엘로상, 스칸노상, 장모네유럽문학상 수상.

1995년 로베르토 파엔차가 〈페레이라가 주장하다〉 영화화함.

1996년 칸 영화제 심사위원으로 참석.

1997년 공원에서 사체로 발견된 남자의 실화를 바탕으로 한 소설 『다마세누 몬테이루의 잃어버린 머리*La testa perduta di Damascno Monteiro*』 출간. 『마르코니, 내 기억이 맞다면*Marconi, se ben mi ricordo*』 출간. 『페레이라가 주장하다』로 아리스테이온상 수상.

1998년 『향수, 자동차, 무한*La nostalgie, l'automobile et l'infini*』 『플라톤의 위염*La gastrite di Platone*』 출간. 독일 라이프니츠 아카데미에서 노사크상 수상. 알랭 타네가 〈레퀴엠〉 영화화함.

1999년 『집시와 르네상스*Gli Zingarii e il Rinascimento*』 『얼룩투성이 셔츠*Ena ponkamiso gemato likedes*』 출간.

2001년 『점점 더 늦어지고 있다*Si sta facendo sempre piú tardi*』 출간. 이듬해 이 작품으로 프랑스 라디오 방송 프랑스퀼튀르에서 수여하는 외국문학상 수상.

2004년 『트리스타노가 죽다. 어느 삶*Tristano muore. Una vita*』 출간. 이 작품으로 유럽 저널리스트 협회에서 수여하는 프란시스코데세레세도 저널리즘상, 2005년 메디테라네 외국문학상 수상.

2007년 리에주 대학에서 명예박사 학위를 받음.

2009년 『시간은 빠르게 늙어간다*Il tempo invecchia in fretta*』 출간.
이 작품으로 프론티에레비아몬티상 수상.

2010년 『여행 그리고 또다른 여행들*Viaggi e altri viaggi*』 출간.

2011년 『그림이 있는 이야기*Racconti con figure*』 출간.

2012년 3월 25일 리스본 적십자 병원에서 암 투병 중 눈을 감음. 제2의 고향 포르투갈 리스본에서 장례식을 치른 후, 고국 이탈리아에 묻힘.

2013년 사후에 강연집 『모든 것은 거의 남아 있지 않고*Di tutto resta un poco*』와 소설 『이사벨을 위하여*Per Isabel*』 출간.

옮긴이의 말

"20세기의 가장 중요한 시인 중 하나로 자리매김될 이 위협적인 포르투갈 사람." 안토니오 타부키(1943~2012)는 페르난두 페소아(1888~1935)를 그렇게 정의한다. 널리 알려져 있듯이 페소아는 타부키의 삶과 문학에 결정적인 영향을 주었다. 프랑스 파리의 헌책방에서 우연히 마주친 페소아의 시 한 편을 계기로 포르투갈 문학을 연구하고 이탈리아의 여러 대학에서 강의했을 뿐만 아니라, 역시 페소아 연구자인 포르투갈 여성 마리아 조제 드 랑카스트르와 결혼해 일 년 중 절반은 포르투갈에서 생활했으며 죽음도 리스본에서 맞이했을 정도다. 그런 만큼 페소아 연구에서 가장 중심적인 인물로 꼽히기도 한다.

『사람들이 가득한 트렁크』는 페소아에 대한 타부키의 그런 열정에서 탄생했다. '페르난두 페소아에 대한 글들'이라는 부제가 밝히듯이, 이 책은 여러 기회에 다양한 형식으로 발표한 글들을 한데 모아놓은 책이다. 그가 말했다시피 페소아는 20세기 문학에서 가장 독창적인 작가 가운데 하나인데, 그 진가는 결코 많지 않은 나이에 페소아가 세상을 떠난 후에야 본격적으로 드러나기 시작했다. 생전에 발표한 적은 수의 작품과는 비교도 되지 않을 정도로 방대하고 다양한 원고들을 남겼기 때문이다. 여행용 가방이지만 주로 옷을 보관하는 데 사용되던 커다란 트렁크에 담겨 있던 그 원고들은, 페소아 개인의 차원을 넘어 수많은 사람이 가득한 하나의 우주를 형성하고 있었다.

페소아의 '다른 이름'들은 단순히 문학적 상상력이 창조해낸 허구적 인물이나 필명에 머무르지 않는다. 그들은 각자 독자적인 삶과 사상, 개성, 심지어 고유의 필체까지 갖추고 본명의 페소아와 다양하게 연결된 존재들이었다. 트렁크 안에 텍스트 형식으로 남아 있는 그들은 모두 페소아를 중심으로 수렴되면서 동시에 무수하게 많은 페소아를 만들어낸다. 그리고 그것은 아직도 진행형이다.

『사람들이 가득한 트렁크』는 파헤칠수록 새로운 모습을 드러내는 페소아에 대한 타부키의 집요한 탐색들을 집약적으로 보여준다. 그러면서 동시에 종잡을 수 없는 페소아의 수많은 모습에다 또다른 페소아의 모습을 덧붙이는 것처럼 보인다. 하지만 그것은 타부키가 강조하듯이, 삶과 현실을 서로 다른 각도에서 바라봄으로써 보다 풍부하고 색다른 인식과 성찰에 도달하는 방법이기도 하다. 이 책에 실린 글들은 제각기 나름대로의 독특한 관점에서 페소아를 바라보게 해준다. 그리고 「부록」으로 페소아의 일부 글들을 싣고 있는데, 비록 제한적이기는 하지만 그의 다채로운 모습을 살짝 엿볼 수 있다.

이보다 앞서 번역 소개된 『페르난두 페소아의 마지막 사흘』은 페소아의 극적인 삶에 대해 타부키가 보내는 애정 어린 오마주다. 사실과 허구를 교묘하게 합성한 이 작품은, 트렁크 안에 담긴 주요한 다른 이름들과 현실 속 인물들을 함께 등장시키면서, 페소아의 전체 삶을 짧고 압축적인 드라마로 보여준다. 물론 타부키의 눈을 통해 페소아를 바라보는 것은 장점이자 단점이 될 수 있다. 페소아를 이해하는 데 길잡이가 되는 것은 장점이지만, 그의 관점이나 해석만 따를 경우 풍부하고 다양한 모습을 놓칠 수도 있다. 따라서 어느 정도 비판적인 눈으로 바라볼 필요가 있으며, 그럴 경우 보다 흥미로운 읽기가 될 것이다. 어쨌든 중요한 것은 페소아의 작품을 직접 읽어보는 것이리라.

번역은 1990년 Feltrinelli에서 출간된 *Un baule pieno di gente. Scritti su Fernando Pessoa*를 저본으로 했다. 이 책에서 인용되는 페소아의 텍스트는 타부키의 이탈리아어 번역본을 토대로 하되 인터넷에서 포르투갈어 원본을 찾아 대조하면서 번역했다. 그럼에도 중역의 한계를 벗어나기는 어려울 것이다. 문학의 진정한 맛 중 하나는 그 언어의 고유한 특성들에서 비롯되기 때문이다. 운문작품의 경우 더더욱 그렇다.

급변하는 현실 속에 문학의 매력이 점차 퇴색하는 것처럼 보이는 요즈음 페소아나 타부키 같은 작가를 만날 수 있다는 것은 커다란 위안이다. 깊은 애정으로 그들과의 만남을 주선해준 문학동네 가족들에게 감사를 드린다.

하양 금락골에서
2016년 10월
김운찬

안토니오 타부키 선집 8

사람들이 가득한 트렁크—페르난두 페소아에 대한 글들

초판 1쇄 인쇄 ¦ 2016년 10월 20일
초판 1쇄 발행 ¦ 2016년 10월 30일

지은이 ¦ 안토니오 타부키
옮긴이 ¦ 김운찬
펴낸이 ¦ 염현숙

기획 ¦ 고원효
책임편집 ¦ 송지선
편집 ¦ 최민유 김영옥 고원효
디자인 ¦ 슬기와 민
저작권 ¦ 한문숙 김지영
마케팅 ¦ 정민호 이연실 정현민 김도윤 양서연
홍보 ¦ 김희숙 김상만 이천희
제작 ¦ 강신은 김동욱 임현식
제작처 ¦ 영신사

펴낸곳 ¦ (주)문학동네
출판등록 ¦ 1993년 10월 22일 제406-2003-000045호
주소 ¦ 10881 경기도 파주시 회동길 210
전자우편 ¦ editor@munhak.com
대표전화 ¦ 031-955-8888
팩스 ¦ 031-955-8855
문의전화 ¦ 031-955-1933(마케팅) / 031-955-2686(편집)
문학동네카페 ¦ http://cafe.naver.com/mhdn
홈페이지 ¦ http://www.munhak.com

ISBN 978-89-546-4276-7 04880
ISBN 978-89-546-2096-3(세트)

이 도서의 국립중앙도서관 출판예정도서목록(CIP)은
서지정보유통지원시스템 홈페이지(http://seoji.nl.go.kr)와
국가자료공동목록시스템(http://www.nl.go.kr/kolisnet)에서
이용하실 수 있습니다.
(CIP 제어번호: CIP2016024574)

인문 서가에 꽂힌 작가들

문학과 철학의 경계를 허문 상상의 서가에서
인문 담론과 창작 실험을 매개한 작가들과의 만남

조르주 페렉 선집

★ 어느 미술애호가의 방 ¦ 김호영 옮김
★ 인생사용법 ¦ 김호영 옮김
★ 잠자는 남자 ¦ 조재룡 옮김
★ 겨울여행/어제여행 ¦ 김호영 옮김
★ 생각하기/분류하기 ¦ 이충훈 옮김
공간의 종류들 ¦ 김호영 옮김
어두운 상점 ¦ 조재룡 옮김
나는 기억한다 ¦ 조재룡 옮김
+
나는 기억한다, 훨씬 더 잘 나는 기억한다—
페렉을 위한 노트 ¦ 롤랑 브라쇠르 ¦ 김희진 옮김

레몽 루셀 선집

아프리카의 인상 ¦ 송진석 옮김
로쿠스 솔루스 ¦ 송진석 옮김

레몽 크노 선집

문체연습 ¦ 정혜용 옮김
푸른 꽃 ¦ 정혜용 옮김